我的老婆
是巨寇
木士◎著
18

CONTENTS

目錄

第一章

和親隊伍

許久之後。

林楚站在窗子前，懷中還抱著陸夏螢，自始到終他都是站立的。

「妳的紅丸還在？」林楚一臉意外的問。

陸夏螢的雙臂緊緊抱著林楚的脖子，因為全借著他左手托著，生怕掉下去，此時聞言也是一愣。

「舜卿沒有和陛下說過嗎？似乎有提過吧？」

「的確是有提過，不過我沒在意，妳這一說我倒是想起來了。」林楚點了點頭，抱著她坐到一側的椅子上。

她鬆了一口氣說：「爺……我的腰太酸了，想去睡一會兒，行嗎……？」

「好，我抱妳去……以後妳就換一處寢宮吧，原來的地方離得遠，舜卿隔壁的宮殿還空著，妳住進去就好了。沒事的時候在這兒住著也好，反正夠近，這兒的房間也夠多，妳們兩個人還能互相照應，日後我過來也方便。」

林楚點頭，他對於她這種相當圓潤的團兒，的確是特別喜愛，所以才會一直用手托著。

好在他是至尊六重境，這點力量對於他來說並不是問題。

陸夏螢勾了勾嘴角，明白他的意思，順從的點頭。

「好，就依爺的……爺太厲害了，我還能幫幫舜卿，否則……」

「行了，去休息吧。」

林楚伸手在她身後的團兒拍了一下，起身，將她抱到了裡面，放在陸舜卿的身邊。

又親了陸夏螢幾口，林楚為她拉上一床薄被，這才起身離開。

同時他吩咐宮女過去伺候兩人，他自己則是回到禦書房。

坐到椅子上時，他瞇了瞇眼睛，心中有些警惕，還是衝動了。

只不過他也沒什麼後悔的，畢竟那的確是一個頂尖的尤物，而且元陰未失，很完美。

又抬頭看了一眼地圖，北齊的土地真大啊，一直到了北部，與匈奴接界。

腳步聲響起，司玲玉走了進來，看到他在看地圖，微微一笑，坐到了椅子的邊緣。

看了他的臉幾眼，司玲玉微微一笑，從懷中摸出手帕，一邊擦他的臉和嘴角，一邊說：「爺，臉上的胭脂還在呢，嘴角也不少，這口紅的顏色倒是有些特別呢……對了，爺總是在看這天下的地圖，甚至還讓人標注了匈奴的一些地方。

這樣的雄心天下罕有啊，只不過不著急，爺還年輕，才二十多歲，又是至尊六重境，天下間最頂尖的高手，時間在爺的手裡，不必給自己太大的壓力，其實就算是現在這樣也已經夠好了，爺開創了歷史。

吞併了南晉，大唐的疆土占了天下的一半，西涼現在最弱，如果拿下西涼，就算與北齊對峙也不是不可以。」

「我覺得，我能解決的事情，不想留給下一代、下下一代，無論如何，這件事情需要儘早解決了。

對於我來說，希望在五年之內解決了，天下一統，我們想去天山就去天山，等到我馬踏匈奴，將整個北境納入版圖之中，天下才算是真正平定。」

林楚摟著她的細腰，當真是細啊，兩隻手絕對能握過來，而且還有腹肌，相當舒服。

司玲玉目生崇拜，坐到他的懷裡，親了好幾口，這才稱讚著說：「爺當真是雄主。」

「還是要等啊……麥子已經收了，秋糧也都種上了，目前我們的糧食足夠，再等一年，明年就出兵西涼。」

林楚點了點頭，手卻是不老實。

司玲玉看了他一眼，勾了勾嘴角，身子滑了下去。

大唐的糧食產量的確是越來越多了，地瓜、馬鈴薯都是增產類的糧食。

十月的時候，秋收，冬種。

天璿、薛素素、陸舜卿、費妙慧都生下了女兒，郭輕羽和羽輕鴻生下了兒子。

皇宮中越發熱鬧了起來，孩子越來越多。

陸舜卿生了女兒，陸夏螢卻是有些不太高興，林楚明白她的心態，陸家肯定是想要一個兒子的。

兒子未必能成為太子，但至少是可以封王的，封了王之後，那就有了土地，對於陸家來說，總有些依靠。

所以陸夏螢和陸舜卿使出了渾身解數，當真是無所不用其極，林楚每日必召兩人。

當然了，兩人是遠遠不夠的，但至少她們都會在。

因為陸舜卿的關係，林楚沒有封陸夏螢為妃，而是封了嬙，但陸夏螢也不在意，這個妃位未來還是可以變動的。

其實以她的資格，足夠封妃，但她也知道林楚的難處。

就這樣，到了年底的時候，趙令月、紀晚秋、謝相寧、蘇秀寧、宇文若、湯柔六女又有了身子。

今年的冬天更冷了幾分，雪也大。

前些年的時候，林楚也感嘆過這個問題，在他的記憶之中，前一世的金陵不會有這麼大的雪。

只不過這個世界應該與前世的不同了，所以氣溫也好，地勢也好，都不一樣了，他只能接受。

這段時間以來，他除了抓農事之外，以及官員們的考核，還有科考一直在進行之中。

吏治是不能少的，治軍也是。

要打仗，必須要有相應的武器，還要有強大的軍隊。

冷兵器時代，這一些都是最重要的，好在他麾下不缺精兵猛將，他更不缺想法。

武器的打造很順利，讓士兵們武裝到了牙齒。

打下南晉之後，他還啟用了南晉那邊的一批將領，將士兵們也都精挑細選了一番。

了。

只選精兵，其餘的士兵再挑出城防軍，最後不合格的則是卸甲歸田，種地去了。

南晉已經徹底歸一了，之前那些還在反抗的城池也都打下來了。

其實隨著他推行的新政，大部分的百姓都得到了益處，主動投誠的人也不少。

那些士兵們也沒有死戰的想法了，畢竟林楚帶來的變化遠勝柴宗揚，人心都是肉長的，沒有人會與好日子過不去。

兩國一統之後，氣象的確更好了。

金陵，大雪，林楚披著一件黃色的披風，行走在後花園之中。

花園極大，雪地上殘留著一串腳印，一側傳來女子們的笑聲。

他扭頭看去，七八位女子正在戲雪，包括晴雯、李越樓等等，還有三個孩子在蹣跚走路，一臉開心。

林楚的臉上頓時溫和了下來，微微一笑。

「爺，你果然心存溫情。」司玲玉的聲音從一側傳來，同時扭著腰走了過來。

一身鵝黃色的長裙，外面罩著一件白色的披風，長裙收著腰，她無時無刻不在展示著屬於她的特質與細腰。

陸夏螢穿著紫紅色的長裙，披著一件同色的披風，也扭著腰過來，說：「爺是這天下最溫情的男人了。」

展臂將兩人抱入懷中，林楚輕笑。

這溫情的時刻，差不多要結束了，年後就要準備戰爭，在西涼送親之前，必須動手。

西涼，二月的時候還在下雪。

因為兩國聯姻，所以西涼不再像之前那樣緊張了。

只不過大唐鐵騎踏入風雪之中，十萬大軍借道銀河城，正式進入西涼的土地上。

蘇明雪與韋孝寬為帥，一東一西，兵指長安。

韋哲為先鋒，此行朱止、朱方和朱宇都參與了，盡是猛將，甚至衛秋夷也出兵了，橫在北齊與西涼的邊界線上，以防北齊支援。

戰爭打響的時候，從來都不會有什麼徵兆。

西涼的送親隊伍此時已經過了銀河城，進入大唐境內，此行共有兩千名士兵護送，嫁妝不少。

馬車之中，坐著一名一身白衣的女子，年紀很輕，整個人的氣質清絕，有如天山雪蓮一般。

在她的身邊坐著一名身材豐腴的女子，看起來像是她的丫鬟似的，只不過要年長一些，生得當真是豔光四射。

她的皮膚白皙，水嫩嫩的感覺，一看就很軟，但腰卻是纖細，整個人的風情極盛。

「紫霞，開心一點，大唐陛下可是天下第一才子，還是第一美男子呢，文韜武略，無一不精，甚至還是治國賢君。

能夠嫁給他，本就是開心之事，而且對於兩國結盟也是有好處的，現在的大唐國力太盛，我們大涼難以觸其鋒銳。」

年長的女子勸說著，她穿著一身淺紫色的裙子，標準的棉裙。

此時她捏了捏裙擺，繼續說：「這棉裙都是大唐陛下發明的呢，他十分關注百姓的生活，所以為百姓做了許多的事情，值得欽佩。」

「素姨，我不是不願意嫁，就是想到就這樣離開家，心裡有點捨不得，捨不得父王和母妃，捨不得那些玩伴，還有家中的狗。」柴紫霞搖了搖頭，接著說：

「我只是一名弱女子，哪有選擇的權利？其實我並不喜歡皇上，也不喜歡後宮中的那些人。

皇上寵幸嬴妃，現在嬴妃勢大，後宮之中都是她的人，就連宮中的公主都要受她的氣，甚至她還把宮中的風氣都變壞了，有人說她是魔情谷的人，好幾名皇妃都被她炮製成了那樣的女人。

我恨她，所以能離開大涼，我是願意的，就是想念家中的一切，要是能帶著父王、母妃他們一起來就好了，還有後宮中那些對我好的皇妃，以及公主們……」

素姨嘆了一聲，目光中有些惆悵，伸手握了握她的手，一時無話。

鐵蹄聲傳來，接著一長喝聲響起：「大唐獨立一師營長薛寧前來迎接皇妃殿下。」

柴紫霞挑開簾子，露出臉。

一名一身鐵甲的男子坐在馬上，一臉嚴肅，身後跟著一千名士兵，個個都是精武至極。

他翻身下馬，單膝跪在了一側。

「免禮，薛將軍請起，接下來的路就辛苦你和將士們了。」柴紫霞平靜的說。

她從小見多識廣，所以應對這種事情還是很俐落的。

薛寧起身，對著柴紫霞說：「皇妃殿下，陛下的意思是，請西涼的將士們不如就回頭吧，也省得長途奔波。」

「薛將軍，我們此來是護送公主的，總是要完成任務才能回去，否則不妥。」一名健碩的漢子說，身後背著一把大弓，整個人有如鐵塔一般。

薛寧看著他說：「和我們交接之後就算是完成了任務，沒有什麼不妥，不過如果你們堅持要去金陵的話，我也不會趕你走，甚至依照陛下的意思，你們不回去也可以，直接在我們大唐做事，為大唐效力，我們也是很歡迎的。」

「身為大涼的戰士，自當為大涼效力。在下牛成，大涼猛虎校尉。」漢子抱了抱拳，接著說：「我們會送公主殿下去金陵城，然後再回到大涼。」

薛寧也跟著抱拳，隨後掉轉馬頭，直接離開。

風雪飄搖，只不過一路行走，別說是牛成了，柴紫霞、素姨都有些吃驚。雖是冬日，大雪紛飛，但百姓們都很熱情，沿途甚至還有人主動送糧，包括熱騰騰的粥、麵條、包子等，每一張臉上都散著發自內心的喜悅。

也可以看出來，他們很富足，每個人都有冬衣，穿得並不襤褸。

通過一國的百姓就可以看出一國的治理狀況，所以柴紫霞很開心，這樣的大唐讓人期待，這樣的皇帝也讓人敬佩。

能夠善待百姓的君王，一定不會是殘暴之人，甚至大唐的國力也一定會蒸蒸日上。

素姨也很開心，倒是牛成有些憂心忡忡，因為這樣的大唐是難以戰勝的。

等到金陵之後，雪停了，但屋頂上還有殘雪，樹梢間也都是雪，不過金陵城的主幹道上掃得乾乾淨淨的。

秦淮河也結冰了，柴紫霞的身子趴在馬車的窗子上，看著外面。

素姨擠著半邊身子，臉也探了出來，問：「聽說秦淮河是金陵盛景，特別漂亮，是這條河嗎？」

「皇妃殿下，這就是秦淮河，只不過已經結冰了，等到開春，這裡的夜景很美，畫舫的燈火會亮一整晚，整條河倒映著火光，來往的人絡繹不絕，還有歌女唱曲，總之金陵還是很熱鬧的，才子也多，經常有人寫詩長吟。」

薛寧說著，牛成的目光中越來越擔憂了，他感嘆了一聲。

「真沒想到，大唐會是如此繁華，一路走來，我看到了不少場的練兵，原來大唐的軍隊也是很強大的。」

「這都是陛下的功勞。」薛寧對著皇宮的方向抱了抱拳，一臉驕傲。

等到了驛館，安頓好所有人之後，薛寧還沒有來得及入宮見林楚，宮中就有人來宣旨了，讓柴紫霞明日一早入宮覲見。

柴紫霞領了旨，這才和素姨洗了個澡，再換了身衣服，躺下休息。

這一路行來，對於她這樣的弱女子來說，的確是很累的，身體總有些疲憊。

躺下時，素姨和她睡在一起，她的身子軟綿如水，就連腳也是差不多的，可以說是真正的尤物。

「紫霞，明天就能見到陛下了呢。」

「素姨，睡吧，好累的，身體都像散了架似的，眼睛都睜不開了，有話明天再說吧。」

「別啊，想想我都覺得興奮，興奮得睡不著。」

「妳就不累嗎？妳的腳和腿那麼軟，其實也是沒有力氣的……」

「累啊，但就是很興奮的……」

「是我嫁給陛下，又不是妳，妳興奮什麼？」

皇宮中，林楚坐在御書房裡，看著前線送來的奏摺，揚了揚眉，一臉喜意。

陸夏螢坐在他的身邊，穿著鵝黃色的長裙，豐腴的身段格外出色。

「爺，戰事推進還算是順利吧？」陸夏螢詢問。

大。

她當過皇后，從前也處理過政事，所以還算是有些經驗，對林楚的助力極大。

林楚點頭。「目前已經佔領了兩郡之地，吳病已經出兵了，接下來是一場硬仗，西涼可不是南晉，打下來沒有那麼容易。

我準備用三年的時間解決，但前提是大唐要維持豐產，人口也需要擴充，所以吏治很重要，但凡發現貪腐之事，一定要嚴肅處理。」

「爺，現在已經很好了，爺設立的檢舉三司分權刑獄之事，互相監督，利於百姓上訴不公，再加上爺給的俸祿很高，官吏們願意認真做事。」

陸夏螢的眼神中有些崇拜，端著茶遞到了他的面前。

林楚接過來，喝了幾口，放下時，目光落在她的臉上，輕聲的說：「今晚妳和舜卿一起來陪我吧。

我知道妳想為我生個兒子，無非就是想要讓陸家多一分立世的根基，但我覺得，妳想多了，與其靠陸家，不如靠我、靠未來的孩子，所以誰更加重要，妳應該想明白，想明白了之後，我會讓妳生一個孩子。」

「爺……」陸夏螢驀然起身，投入他的懷裡，坐在他的腿上，勾著他的脖子，挨得緊緊的，一臉喜意的說：「爺，我明白，都明白！真的，我從來都不會想著陸家，因為我是爺的人，活著是爺的人，死了是爺的鬼，陸家與我並不相干。

我要是有個兒子，一定好好培養他，將來讓他為爺好好做事，我也不會靠他，我就靠爺，有爺在，這輩子我就會好好的。」

林楚攬著她的細腰，感受著驚人的團兒，點了點頭。

「好了，我明白了，一會兒西涼紫霞公主就要來覲見了，妳先回去收拾一下，和舜卿說說這事。」

「爺，我這就去，順便穿上紫色長絲襪，讓舜卿穿白色的，我們一白一紫，雙殺。」

陸夏螢彎著眉，在林楚的嘴上親了好幾口，這才起身離開。

團兒扭著，頗有韻味，鼓鼓脹脹的，看起來當真是妙極。

柴紫霞來的時候，一身盛裝，紅色的長裙，頭戴金飾，一串串的金絲墜著，在臉前不斷晃著，襯著她的氣質，的確是很美。

素姨也跟著來了，她穿著一身淺綠色的裙子，也是盛裝。

「柴氏紫霞見過陛下。」柴紫霞跪下行禮，規規矩矩的。

素姨就跪在她的身側，叩首的時候，彎著腰，看起來當真是細，團子是真正的桃心，當真是妙，就連林楚也被吸引到了，目光都沒動過。

「奴家印素見過陛下。」素姨也輕聲的說。

「起來吧，坐到朕這兒，正好有些事情要和妳說一說。」

「謝陛下。」柴紫霞應了一聲，起身，印素也跟著起身，柴紫霞坐到林楚的面前的位置上，印素則是站在她的身側。

林楚看了她一眼，輕聲的說：「妳也坐吧。」

兩人坐好，林楚看著她們，印素的膽子很大，目光迎著他的目光，總有野性。

柴紫霞就明顯有些害羞，垂著頭，不敢抬頭，耳朵都紅了。

「其實朕的心裡明白，妳嫁到大唐來，未必是自願的，聯姻之事，放棄的就是女人的利益，無人會問妳願不願意，也就是說，不管妳願不願意，那都不重要，重要的是西涼皇室想要借妳來與朕達成一些交易。

所以朕想要問問妳，來大唐之後，會不會感到很痛苦？一個人離鄉背井，那樣的滋味並不好受。」林楚詢問。

柴紫霞愣了一下，抬頭，目光落在林楚的臉上，盯著他，接著幽嘆一聲。

「陛下，這世間哪有人會關心我們女人的心思？只是此行來到大唐，妾身一路觀察，發現百姓安康，四海升平，大唐的確是很繁華的，也的確是要勝過大涼的。

妾身願意嫁入大唐！陛下關愛百姓，又是天下赫赫有名的大才子，文治武功，天下第一，能得陛下喜愛，妾身很開心。」

「那麼朕現在就要和妳說說另外一件事情了。」林楚點頭，隨後吐了口氣說：「朕已經對西涼用兵了，現在已經拿下兩郡之地，朕打算用三年的時間拿下整個西涼。

朕知道，柴方遠的本意是想讓朕在他的有生之年不要發動戰爭，但朕不想等了，朕並非是為了身後之名，只是為了天下的百姓。

天下三分，戰爭不斷，對百姓不利，總是要歸一的，朕覺得，西涼和北齊的百姓一定是歡迎朕的。

只是這麼做，倒是對不住妳了，因為妳的到來，本是為了止戰，現在朕卻沒有遵守約定，相信西涼皇室一定會在背後罵妳的。

妳背負的是罵名，朕覺得，若是妳想回去，朕不會反對，會讓人送妳回去，妳若是願意留下來，那麼妳依舊是朕的妃子。」

柴紫霞愣了一下，目光一片呆滯，一側的印素卻是眼睛很亮，有些嚇人。

就這樣片刻之後，柴紫霞滿面淚水，哽咽的說：「陛下，這些事情其實用不著和妾身說的，但陛下還是告訴了妾身，還向妾身道了歉。

陛下是天下最好的皇上了，妾身不怨陛下，他們要罵就罵吧，妾身受得住，反正妾身也聽不到。

妾身也不願意回去，那裡對於妾身來說，形如地府，還請陛下收留，日後妾身一定好好伺候陛下，為陛下生兒育女。」

「好了，那就留下來，朕已經為妳安排了寢宮，明日朕去妳的宮中，妳先休息一日，想吃什麼和黃山說就行了。」

林楚點頭，一側的黃山滿臉堆笑。

「娘娘，請吧，奴婢帶您去宮中，只不過有些遠，我們還是坐馬車過去吧。」

柴紫霞行禮，帶著印素離開。

此次入宮，她還帶了大量的國禮，林楚讓人收下，只不過是一些金銀之物，還是讓人送入她的宮中，算作她的私人財物。

將人安排之後，林楚又扭頭看了一眼地圖。

從目前的情勢來看，韋孝寬的確不愧是名將，穩紮穩打，很是穩健，但蘇明雪卻是更勝一籌，銳意進取，無堅不摧，進攻的速度更快，戰術玄妙，沒有人能攔得住她。

第二章

巨虎城

陸夏螢的姿色與韻味的確還在陸舜卿之上，這一點是不可質疑的，林楚很確定。

西涼戰事推進很是穩定，林楚並不緊張，只是讓邊界處防備著北齊。

柴紫霞也是妙人，特別愛哭，洞房之時，她哭得很細碎，卻是讓人興致大增。

林楚將印素也拉了進來，這個格外豐腴的女子果然很有意思，格外軟，堪比洛雲真了，林楚興致盎然。

皇宮之中，柴紫霞的寢宮中，她穿著一身白色的長裙，腿上是長絲襪，靠在床榻上，整個人懶洋洋的。

不過她的風情與從前又是不同了，多了幾分成熟的氣息，不過人還是有些清瘦。

「素姨，妳說爺怎麼就這麼厲害啊，讓人整天懶洋洋的，都不想起來了。」柴紫霞輕聲的說。

印素就躺在她的另一側，身上別無長物，那身子真是妙極，白得晃眼，軟得如水。

她應了一聲，有些含糊不清：「不想起來就不用起來了，妳是不知道爺的妙處，這才是真男人。

霞妃，這也有好多次了，妳應該體會到了不一樣的感覺，我也體會到了，寧願天天不起來。」

「素姨，妳怎麼說這樣的話，太讓人難為情了！」柴紫霞嗔道，眼神中一片羞意。

印素癡癡笑了起來，有種花枝亂顫之感。

外面傳來腳步聲，接著宮女的聲音在外面響起：「霞妃娘娘，西涼有人送信來了。」

「西涼？人呢？」柴紫霞問。

宮女回答：「人不能入宮，還在宮外，不過有小太監將信送了進來。」

「把信送進來吧，我看看。」柴紫霞應了一聲，慢慢起身，順手拉過被子，為印素掩上。

那抹雪白消失在被子之下，天地之間頓時少了一種顏色。

信送進來，宮女退走，柴紫霞看了看，臉色一變，但還是堅持著把信看完了。

印素覺得不對勁，有些氣喘吁吁的問：「怎麼了?什麼人的信？」

「柴方遠的信，讓我勸說爺不要再打西涼了，目前西涼已經失去了兩郡之地，而且還是近南晉和大唐的地方，這兩處地方都是產糧的重要地方，所以他急了，信的內容很誠懇，說是讓我來大唐就是為了穩定兩國的關係。」

柴紫霞回答，不過身體依舊很疲乏。

印素想了想，問：「那妳打算怎麼辦？找爺說說這件事？只不過我是覺得，爺的心意早就定了，他天天研究那張大地圖，就是想統一天下，雖然我們出身於西涼，但心應該歸屬大唐，永遠都是爺的。

爺的志向遠大，這天下終究是要統一的，我的見識雖然不如爺，但也知道，天下統一對於百姓也是好事。妳可曾見到歷朝歷代有人像是爺這般嗎？推新政，利天下，善待百姓，百姓皆有飯吃，有衣穿。

所以這件事情，放一放就好了，十年之後，天下不會有西涼，也不會有北齊了，只有大唐，妳要想清楚。」

「素姨，其實我早就想明白了，我知道爺的野心，所以我不打算見這位使臣了，想必爺也知道，金陵城中沒有什麼可以瞞得過他。

他沒有阻止，想必也是想讓我見見這位使臣，但我不會這麼做，就像是妳說的，我是陛下的人。

天下的大勢，與我無關，西涼併入大唐，百姓依舊在，柴家也會在，無非就是柴方遠當不成皇帝了而已。

於天下有利，那麼犧牲了柴方遠的利益，也是值得的，天下千千萬萬的人得到了好處，那就夠了。」

柴紫霞輕聲說著，依舊懶洋洋的。

印素的目光閃了閃，以鼻息聲應了一聲，接著沉沉睡去，這身體累得要死，那冤家當真是生猛如虎啊，腿一直酸酸的。

御書房中，林楚看著奏摺，西涼戰事依舊很順利。

吳病雖然親征，但還沒有真正碰上，目前只是先鋒對戰，蘇明雪上書來是為了行變通之法，她準備孤軍迎戰，打散吳病的主力。

她的策略沒有細說，畢竟戰場瞬息多變，不必事事稟報。

林楚准了，許她自行制訂計畫，只不過一定要能與大部隊聯繫上，以便留下退路。

春天之後，大唐進入春耕，最早的是南部，那裡沒有冬天，次之江南，最後是北部，百姓們並沒有感覺到戰爭，依舊安心。

要想支持這種大規模的戰爭，除了武器的精良之外，最重要的就是糧草。

從目前的情況來看，坐擁大面積耕地的大唐機會更多一些。

更何況吞併了南晉之後，林楚得到了糧倉，存糧豐沛。

只不過在六月時，北齊出兵了，不知道怎麼就和柴方遠達成合作。

好在衛秋夷早有防備，在邊境線上攔住北齊大軍，打了足足兩個月。

兩個月之中，北齊大軍一步也沒有邁出去，大唐的援軍也有過來，林楚以冉閔為帥，率十萬大軍，自側翼擊潰齊軍。

同時林楚派林萬和蒙山北上，鎮守在徐山郡，窺視重揚城。

等到九月的時候，西涼北部的天變冷了，有入冬的跡象。

在這數月之中，蘇明雪一直沒有消息傳來，林楚不免有些擔心，但卻從不催促她，只有衛秋夷和韋孝寬來信，也都提過蘇明雪，卻是沒有相應的消息。

十月時，金陵城也冷了，林楚站在那張大地圖之前。

西涼已經失去四郡之地，地圖上用筆勾勒出來的線條看，大約有五分之一的土地已經落到大唐的手裡。

離開長安城並不算遠了，韋孝寬的確是很厲害的，幾個孩子也都很優秀。

衛秋夷也不錯，讓林楚格外意外的是，衛秋夷的女兒衛隱霧竟然也參軍了，而且立下了奇功。

目前的她已經是師長了，獨率一軍，謀略出眾，而且用兵老辣，攻守皆備。西涼，風捲荒野，枯草在風中亂飛。

韋孝寬端坐馬上，看著前方一座雄城，感嘆了一句：「攻下眼前這座雄城，就打通了向長安的路，不過這巨虎城難啃了。」

「軍長，元安華來了。」副將低聲稟報。

韋孝寬一愣，接著沉默片刻，這才點了點頭。

片刻之後，元安華縱馬而來，到韋孝寬面前時，翻身下馬，對著他行了一個大禮。

「安華見過將軍！」元安華行了一禮，接著遞上了一封信。「這是陛下親筆信，讓安華交給將軍。」

韋孝寬打開信看了幾眼，這的確是宇文邕的親筆信。

元安華在一側勸說：「將軍，陛下後悔了，他說只要將軍肯回去，便可封王，並鎮守重揚城，未來也一定好好善待韋家。

還有韋妃，也給將軍送信來了，無論如何，將軍是大齊的人，還是應該考慮回到大齊的。」

韋妃就是先皇的愛妃韋鬟眉，一位巾幗不讓鬟眉的女子，韋孝寬的親姐姐。

打開信之後，韋鬚眉的信中的確是在勸他，讓他回到北齊。

只不過韋孝寬卻是皺了皺眉，思索了一下，讓人接來一盆米粥，將信放到了米粥水中泡了泡，信上的內容果然就變了。

「天下大勢，俗人無知，但你要切記，唐皇乃是天下間第一等的君王，跟著他之後就不要回來了。

三十餘年前，人家都說韋家韋鬚眉是巾幗不讓鬚眉，觀天下大勢，心有傲氣，這才選擇嫁給了齊皇。

當年他的確是天下睿智之人，只是與唐皇相比，他只能稱為螢火了，韋家在大唐一定能成為真正的望族，留名青史。

至於我這一支，只有這幾人，沒了也就沒了，人生百年，黃土而已，我韋鬚眉何懼一死？更何況宇文邕無膽殺我！

只要弟弟你的名聲越來越大，打更多的勝仗，宇文邕就越怕，就越不敢動我，否則將來北齊一旦兵敗，他唯有一死。」

看完信之後，韋孝寬仰頭北望。

那個女子在三十多年前被稱為天下第一奇女子，見識非凡，現在依舊如此，這是韋家的驕傲。

他哈哈大笑，聲音在風中傳出去很遠。

接著，韋孝寬的目光落到元安華的臉上，虎目張著，氣勢滔天。

元安華的心中一頓，有一種不妙的感覺，身上的汗毛都豎起來了。

「我與子楚曾經相交，說起來也是故人，只不過我是唐臣，只會忠於陛下，不會再回北齊了。

你回去和宇文邕說一聲，日後好好善待韋家之人，尤其是我姐韋鬚眉，若是他敢動我姐，那麼日後相見，我必求陛下將他賞賜於我。」韋孝寬喝聲，目光灼灼。

元安華行了一禮，什麼狠話也沒說，只是回應了一句：「將軍放心，我必把話帶到。」

說完他轉身就走，像是韋孝寬這樣的人，素來堅定，不易被人勸動。

這次的任務失敗了，元安華的心有些起伏不定，大唐的勢力太大了，國力強盛，再加上林楚那個人文治武功，無人可及。

甚至他啟用的將領都太厲害了，尤其是蘇明雪，從前只是玉山賊，但近兩年卻是名聲極大，被稱為大唐戰神，還壓過了韋孝寬。

韋孝寬看著元安華離去，低著頭，沉聲說：「紮營布陣，先觀察兩日，找到巨虎城的弱點，然後再攻城。

衛軍長那邊來信了，說是衛隱霧師長揮軍而來，目前在攻打二百里外的垂柳城，等打下垂柳城，就能與我們會師，共同打向長安。」

「軍長，這樣一來，我們豈不是要落後了？被一個女將超過了，那也太沒面子了！」副將一臉不服氣的說。

韋孝寬看了他一眼，搖了搖頭。

「衛師長能征善戰，用兵如神，很多的戰績，就算是我也有所不及，她太擅於把握戰機了，攻城時用的器械也很先進，被她超過也沒什麼，我們都是為大唐做事，不可有其它的心思。

陛下不同於歷朝歷代的帝王，雄才大略，容不得這樣的事情，而且陛下是真正的愛民如子，你不可再有私心。」

副官的心中一凜，點了點頭，應了一聲。

圍城兩日，韋孝寬天天帶著人遠遠觀察，觀察著巨虎城的每一個方位。

一座矮山之上，離開巨虎城大約有四里地，位置高於城牆，能看到城中的一部分情況。

巨虎城的守將也是西涼名將，佈防森嚴。

韋孝寬用望遠鏡看了足足半個時辰，放下望遠鏡時，吩咐了一句：「分兵兩路，一路正面進攻，留四萬人，其餘四萬人都帶過來紮營，然後運土過來，從這裡一路鋪過去。我看過了，我們後面有不少的土山，土夠用。」

「軍長是想用砌土攻城的方法？」副將詢問。

韋孝寬微微搖頭，沒有說話，但副將還是讓人去傳令了。

片刻之後，有親兵小跑過來，大聲說：「報！軍長，衛師長已經攻下了垂柳城，已經讓人接掌了，她率四萬精兵，已經在來巨虎城的路上了。」

「這麼快？」韋孝寬愣了一下，接著嘆了一聲。「當真是後生可畏啊！夠厲害的！那我們也不能閒著，抓緊時間堆土。」

全軍動了起來堆土，大量的土一路堆著，從山腳下堆到城牆之下。

四里的距離不算長，土堆得很順利。

只不過巨虎城那邊自然也有人得到了消息，兩日之後，隨著土越堆越高，城門打開，一名大將率軍攻了出來。

攻過來時，這位大將當真是勇猛，身後跟著的都是騎兵，一共四千人。

速度太快了，他們的目的顯然是要對付堆土的人，所以才動用了騎兵，以求速戰速決。

只不過剛衝出數百公尺，一側竟然還埋伏著一支軍隊。

這就是韋孝寬的後手，也是一支騎兵，同樣四千人，自身後放箭。

箭雨飛射著，一聲聲的慘叫聲傳來，同時堆土的士兵們豎盾、持槍，正面進攻。

還有一隊士兵開始攻城了，此時城門恰恰打開，所以士兵們直接就入了城。

這是一隊步兵，約有萬人，一進城就開始上城牆。

涼軍反應過來了，想要關城門，但只關了一半就被頂住了，唐軍硬生生殺了進去。

大戰就這麼打起來了，入城的士兵殺瘋了，一路殺到了前門處，直接打開了門，放另一路唐兵入城。

自始至終，韋孝寬都沒有動，一直站在矮山之下，只是通過副官下達一連串的命令，困了就坐在山上的帳子裡休息片刻。

直到第二天的中午，巨虎城攻下來了，血流成河。

韋孝寬的眼睛裡都是血絲，但整個人有些興奮。

從這裡到長安的路就算是通了，後面就是真正的大戰了，吳病應該也來了，就在前方的長野。

先鋒來了好幾波，都被打退，但吳病本人率領超過三十萬人，列陣長野。

「軍長，巨虎城已經拿下來了，下一步如何？」副將大聲的問。

韋孝寬回答：「傳令，將守將綁了，送入金陵，我們接手巨虎城，推行新政，接手城防，其他士兵原地紮營，不得入城擾民，等待文官過來接手，明日我們北上！」

天濛濛亮的時候，韋孝寬才剛起身，外面傳來急促的腳步聲，接著韋哲的聲音傳來：「父親、父親……」

「何事慌張？」韋孝寬喝了一聲，走了出去，又斥責了一句：「都已經是師長了，還這麼毛毛躁躁的，成何體統？」

韋哲生得高大健碩，臉容俊朗，劍眉很長，整個人透出說不出來的銳氣。

聽到韋孝寬的喝斥，他也不以為意，反而樂呵呵的說：「父親，是大事！蘇軍長在昨夜突襲吳病大軍，盡數擊潰涼軍左翼！十萬大軍被擊敗，俘虜了五萬人，殺了一萬多人，其他人都散了，現在吳病重新整軍，開始後撤，準備保護長安。

目前蘇軍長正在追擊，她完全拋棄了輜重，所以讓如意過來傳令，讓我們後軍去收拾戰場，同時壓運戰俘。

父親，真得太猛了，聽說蘇軍長在兩軍交戰之時，連斬對方十五員大將，殺得西涼無人可用，吳病身邊的第一猛將，一位至尊級的高手都被殺了，殺得西涼人膽都寒了，只能逃，孩兒願領命去追擊！」

「吳病敗了？」韋孝寬愣了一下，一臉不可思議，接著感嘆的說：「不愧是大唐戰神……韋哲，你去吧，率三萬精兵。

記住，不必打，收拾輜重和降兵就好，這一戰之後，西涼恐怕沒有反抗的能力了，我們去長安的路徹底打通了。

不過西邊還有幾郡在，反抗激烈，之後你可以去西邊打幾場硬仗，這次的功勞你也能跟著分一分，將來提升軍長有望。」

韋哲應了一聲，高興的走了。

林楚也很快就收到了這個消息，對於他來說，這的確是一件喜事。

後宮中又多了幾個孩子，趙令月、紀晚秋、謝相寧、蘇秀寧、宇文若、湯柔都生了，林楚很是開心。

這一戰之後，離開擊敗西涼又近了。

林楚走出去時，抬頭看了一眼天色，天空中飄著微微的雪粒。

又下雪了。

此戰之後，蘇明雪直指長安。

過年的時候，就正式進入了開平五年，這場仗打了近一年。西涼的土地失去了一小半，北齊那邊也一直在增兵，但衛秋夷不愧是當世李牧，擅守。

宇文成都率軍南下，被拖了四個多月，寸功未立，冉閔則是順勢出兵打下了重揚碼頭，進而占了一郡之地。

石頭居在北齊的所有店鋪都停業了，不再供應任何物資，這引來了許多的不便，所以不少士族暗中聯絡林楚，想要投誠。

林楚覺得有些好笑，不過這樣的事情，本就在他的意料之中。用慣了衛生紙、香皂等物，一旦失去了，那種日子相當難熬，尤其是女人，所以不少豪門士族家中的女人都在抱怨，朝中都有些不安寧了。

北齊皇宮，宇文邕坐在高高的龍椅上，臉色並不好看，下方站著兩排大臣，文武分開，楊信、獨孤如願、元子楚皆列在其中。

宇文邕伸手拍了拍龍椅的扶手，喝道：「唐國一路高歌猛進，我們大齊真是無人可敵了嗎？韋孝寬不回來，當真以為朕不敢殺韋家的人嗎？韋家在大齊也是望族，朕就滅了韋家一族，讓韋孝寬知道觸怒朕的下場！」

「陛下，請三思！」楊信邁了出來，大聲勸說。

獨孤如願卻是沒動，畢竟獨孤伽羅嫁給了林楚，他沒有立場去說什麼。

元子楚邁了出來，說：「陛下，唐國勢大，目前與西涼大戰，所以才無暇顧及到大齊，只是如果觸怒唐國，唐國或許會將我們大齊當作首要目標，那樣的話，我們大齊就要面對那麼多的攻擊了，蘇明雪、韋孝寬可都是真正的猛人，所以陛下要慎重。」

「我大齊可是四國之中最強盛的，人才濟濟，就沒有能夠匹敵蘇明雪和韋孝寬的人了嗎？朕聽聞，赤血盜中的赤血可是真正的勇士，派人去招降他，只要他願意助朕，朕可以讓他成為將軍，率軍殺敵，無論如何，朕不想屈人之下！」宇文邕大聲吼著，臉色相當不好看。

元子楚行禮。「陛下，臣可以讓人去接觸赤血，將整個赤血盜收入軍中，只是殺韋家一事，一定要慎重。

還有，我們失去了重揚郡，還請陛下佈防國界，唐國一定想要繼續北上，那冉閔也是精猛之人，用兵之神不在韋孝寬之下。」

「你們之間先商量一下再報朕便是……朕還有一事，聽說石頭居的鋪子都關了，朕現在想用衛生紙和香皂都用不成，江妃最近也一直在抱怨，朕有些頭疼。

「元愛卿，你讓人去處理這件事情，是不是有人對他們施壓了？這麼多年了，就沒有其他商行研製出替代品嗎？為什麼石頭居能一直把控這樣的資源？尤其是衛生紙，比用布帛方便多了。」宇文邕點頭，接著問。

元子楚一愣，隨即回答：「陛下，臣曾經和陛下提過這個問題，石頭居是唐皇林楚的產業，現在兩國發生戰爭，自然就關了，唐皇肯定是擔心陛下會對石頭居下手。

當初臣就說過，應該限制石頭居的發展，他們在大齊帶走了太多的財富，臣也曾經讓一些商行進行仿製，但做出來的紙不夠舒服，最多就是宣紙，成本高，韌性不夠。

也不知石頭居是如何控制成本的，還有那香皂，至今無人能做出來，陛下且忍忍吧，等我們擊潰唐國，兩國談判後石頭居應該就會開了。」

「林楚的產業？朕明白了，那就多多提拔一些將領，無論如何，一定要擊敗唐軍。」

宇文邕點頭，伸手揉了揉額角，揮了揮手，散朝。

走出大殿時，元子楚跟在獨孤如願的身側，嘆了一口氣。「左相，陛下是不是老了？」

「做臣子的不能妄言陛下。」獨孤如願搖了搖頭，不再說話。

元子楚看了他一眼，又說：「左相是有退路的，伽羅姑娘嫁入了大唐，將來就算是大唐占了大齊，左相一定不會有事。」

「元尚書說這話是什麼意思？我是大齊左相，不是唐國左相，不會心向著唐國的。」獨孤如願哼了一聲，繼續說：「我明白你的意思，只不過江妃橫壓後宮，陛下不是從前了，但這裡依舊是大齊的江山，你我皆是大齊的臣子！」

說完他一甩袖子，大步離開。

元子楚看著他的背影，這才注意到，他的手在身後擺了擺，做了個手勢，他一愣，接著笑笑。

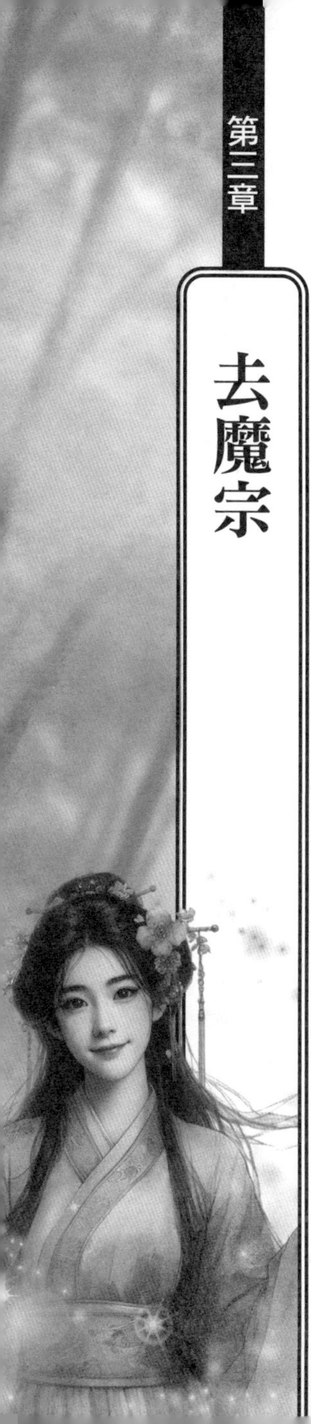

第三章 去魔宗

開元五年，三月，春雨如酥。

大唐皇宮之中，越玄衣、樓思思、陸夏螢、李越樓、天璣、獨孤伽羅六女懷孕了。

林楚相當開心，對於他來說，孩子越來越多是必然的，但每一次都是值得喜悅的。

行走在宮殿中，身邊的東水流打著傘，身材豐腴，風情正盛。

「這次沒有讓妳懷上，心中有沒有不快？」林楚問。

東水流搖頭。「爺，就算是此生沒有孩子，我也不會有任何不快，只要能跟在爺的身邊，那就夠了。」

「不著急，接下去還有很多的事情要做，妳跟著我，我比較習慣。」

林楚點頭，攬著她的細腰，兩人一傘，走在細雨之中，畫面很和諧。

東水流看著他的側臉，微微一笑。

「爺，明雪姐姐距離長安已經只有三百里了，這一次吳病不得不提前進行決戰，她太厲害了。」

「西涼的底蘊夠深厚，要想打到長安還需要一段時間，倒是北齊那邊給了我一個意外之喜。」

人。

林楚笑笑，宇文邕重用赤血，這一點出乎他的意料之外，畢竟赤血是他的西涼那邊，五方山莊最近行動不斷，聯絡不少的江湖人，準備刺殺大唐各路官員，所以林楚也做了安排。

暗影門在暗中調查線索，另外他也動用手中的江湖力量，身邊的人都派了出去。

好在他在五方山莊之中也是有暗線的，陳長路時不時和他通信，讓他知道那邊的行動軌跡。

此次攻打五方山莊，兵分三路，一路是由雲霞宗出面，在江湖之中行動；一路是聞潔帶隊，直接去五方山莊，不過她身邊的人不多，只有高玉蘭、常曦和卓青衣三人。

最後一路是郭輕羽帶隊，身邊跟著的是周麗華、韋飛燕、羽輕鴻、薛素素、阿離、天璿、赤狐。

其中赤狐還是暗線，她在南晉那邊創下元初門，吸納不少的江湖人，此次由她在暗中調查一些事情，南唐門也會輔助她。

總之行動已經開始了，不過林楚的身邊也有人，費妙慧、東水流都在，以防有人暗闖皇宮，甚至司玲玉也留下來了，再加上林楚本就是天下最頂尖的高手，不怕刺殺。

前方就是景妃洛明光的宮殿了，她穿著一身明黃色的長裙，倚在門口，看著雨，靜得如同是一朵小花似的。

看到林楚經過，她連忙行禮，臉有微笑。

「陛下，妾身正在煮茶，不如進來喝上一杯？」洛明光輕聲提議。

林楚想了想，點頭，走入其中，東水流也跟著。

洛明光的寢宮之中收拾得格外乾淨，而且還有一股隱約的香味，那應該是調出來的藥物，格外好聞，她的身上似乎也有這樣的香味，就像是她的體香似的。

林楚坐在桌子前面，抽了抽鼻子，一臉意外的說：「這香味很特別，妳身上似乎有相同的味道……這是熏香？」

「陛下，並不是，這是妾身調製的一種藥，用來調理身體的，妾身從小就服用，可以改變身體的一些味道，整個人會越來越香，就像是鳳鳴訣那樣，可以自動調整身體的香味。

我的藥有異曲同工之妙，不過需要在年幼時就打理，時間需要二十年，所以妾身宮中的香味只是妾身身體自然散發出而殘留下來的，妾身已經不再需要藥物輔助了，畢晚妾身已經活了四十年了。」洛明光回答。

林楚一愣，接著點了點頭說：「怪不得。毒醫谷那邊已經建起來了嗎？」

「金楊婆婆已經將所有在外的弟子都招回去了，又收了一批人，重新開始為百姓治病，還在研製藥物，一切都很好。」洛明光點頭。

林楚建議：「那麼不如妳也回去看看吧，這是朕曾經答應妳的，若是不願意在宮中住下，回毒醫谷也好。」

「陛下，妾身也正有此意，那麼明日妾身就出宮吧，過幾日再回來，妾身還是很願意住在宮中的。」洛明光一臉喜滋滋的回答。

林楚笑著點頭，慢慢喝茶。

喝了三杯之後，他放下茶杯，起身離開。

洛明光一路將他送到門口，看著他的背影，瞇著眼睛，也不知道想到了什麼，化為幽幽一嘆。

五方山莊，刀光劍影，柴宗手中持劍，站在高處，一臉鐵青。

「明王殿下，再不撤就來不及了，劍仙子聞潔的劍太利了，兩位至尊才能勉強拖住她，但也撐不了多久。

真沒想到，陳長路竟然叛變了，他已經是至尊，若是能為我們所用，單靠他一身橫煉功夫就可以拖住聞潔！」

一名大漢一邊大聲說著，一邊手中持刀殺退幾名江湖人，拉著柴宗就走。

柴宗一路離開，跟在他身後的還有三十餘人，都是江湖上的頂尖高手。

逃離出十里之後，柴宗駐馬而立，扭頭看了一眼五方山莊，此時已經有些遠了，五方山莊依舊如臥虎一般，格外雄偉。

「可惜啊，本王的五方山莊就這樣沒了！」柴宗嘆了一口氣。

大漢也感慨不已。「明王殿下，更可惜的是跟隨我們的那十一家江湖門派，這一次被盡數屠滅了！

沒想到素來與世無爭的瑤池女仙這一次竟然出手狠辣，一連殺了數位九品大宗師，直接滅了七宗，她的劍太犀利了，七宗因她而消失，這比劍仙子更狠。

真沒想到唐皇佈局這麼大，元初門也是投靠了他，還有陳長路……」

「陳長路！本王要你死！」柴宗的眼睛都紅了，咬著牙說。

遠處傳來長嘯聲，一名高大的身影躍起追來，同時劍光浮動，帶著一抹血厲之色。

大漢的臉色一變。「明王殿下，我們該走了，這是卓青衣的劍，她已經殺出來了，再不走就來不及了……我們直接回長安吧，有吳大將軍在，唐國要想打進去是不可能的！

殿下，我們還有機會，回頭再聯絡北齊江湖，目前北唐門那邊願意與我們聯手，其中有魔情谷、大悲寺，尤其是大悲寺，只要他們願意出手，那就夠了。」

「好，我們走！」柴宗點頭。

大悲寺可是天下四大宗門之一，實力雄厚，橫壓江湖多年。

一行人離開，身後的劍光越來越盛了，掩下烈日，透著血色，讓人的心中浮起幾分的絕望。

血月劍卓青衣的實力越來越強了，而且殺性也越來越重，所有人的心都變得沉甸甸的，呼吸都不由得加重了起來。

五方山莊的覆滅，對於西涼來說又是一次沉重的打擊。

柴宗逃走，只帶走了三十七位江湖人，曾經橫壓江湖多年的龐大力量就這樣沒落了。

進入五月的時候，天越來越暖了。

林楚坐在御書房之中，司玲玉陪在他的身邊，一襲白色的長裙，腿上是粉色的長絲襪，整個人依舊蒼白。

只不過和從前相比，血色卻是好了許多，臉上有了幾分的血色氤氳，有如玉石一般。

此時林楚坐在椅子上，她坐在他的懷裡，整個人縮在一起。

其實現在的她也是至尊了，身子軟到了不可思議的程度，整個人縮成了一小團，完全掩於他的懷裡。

她的身上很香，體香迷人，而且腰是真細，卻偏偏又有著驚人的團兒。

「爺，人家也想生個孩子。」司玲玉輕聲說，手也不老實。

林楚笑笑，伸手拍了拍她的團兒，在她的耳邊低聲說了幾句話，司玲玉的臉色一紅，身子動了動。

就這樣過了許久，她傳出了長長的嘆息，充斥著入骨般的媚意。

外面傳來腳步聲，接著黃山的聲音響起：「陛下，西涼急報！」

「進來吧。」林楚說，整了整身上的龍袍，司玲玉的身子一縮，完全進了龍袍之下，十分貼合，完全看不出異樣來。

黃山進來，遞上了急報，垂手站在一側。

林楚打開看了一眼，接著大喜喝道：「好！」

蘇明雪與吳病兩軍對峙，衛隱霧和韋哲兵出西涼西側，已經拿下了兩郡之地。

這的確是個好消息，只不過他過於激動，司玲玉的鼻息之音微微重了一些。

黃山也聽到了一點聲響，愣了一下，偷偷看了看四周，也沒有發現什麼異常。

接著他就想到了林楚的實力強大，這可是真正的至尊六重境，他都沒有發現異常，那一定是沒有問題，是他聽錯了。

他就沒有想到，製造出這種聲音的人就是林楚。

「黃山，讓人傳旨，提拔貴妃蘇明雪為司令，掌兩大軍團，衛秋夷、韋孝寬都歸於她的麾下。

提拔衛隱霧和韋哲為副軍長，另行成立新的軍團，也歸於蘇司令麾下，送五千頭羊過去，犒賞將士們。」

林楚揚聲說，黃山應了一聲，看著林楚寫了聖旨、蓋了印，恭恭敬敬取過聖旨，轉身傳旨去了。

他沒有注意到的是，林楚的腰後，隱隱約約似乎是兩隻小腳的形狀。

此次大勝之後，大唐的聲勢越來越盛名遠播，北齊宇文邕也就不敢對韋家動手了。

不過他還是讓人軟禁了韋鬚眉，禁止她出宮，也禁止她向外傳遞消息。

等到六月時，西涼之戰還沒有結束，林楚卻離開金陵，前往梧州。

此去梧州是為了解決魔宗之事，最近五方山莊還在聯絡北齊的江湖人，聽說魔情谷參與其中，就連大悲寺都準備出動了。

他們還準備聯絡魔宗，所以林楚帶著雨下青、費妙慧、司玲玉、道塵、東水流、郭輕羽、羽輕鴻一起離開。

至於聞潔則還持續率領其他人掃蕩江湖，陪著林楚的還有陳涉和兩百名親兵。

船一路南下，很快就到了梧州。

林楚也沒有打算在梧州住很久，他想著調整兩日之後就離開，直接坐船出海，直達魔宗總部。

林楚入住皇室別院，就是原來的晉皇宮。

費妙慧、司玲玉、東水流、郭輕羽和羽輕鴻伺候他，就連原本留下來的宮女都沒有用。

這裡留下來的人其實已經不多了，宮女也很少了，太監們負責打掃，宮女則是要伺候留下來的妃子們，所以別院裡還是有些冷清。

林楚坐在浴桶中洗澡，伺候他的是郭輕羽。

身邊人之中，她極會伺候人，也一直貼身伺候林楚，所以林楚也已經適應她的手法，總覺得格外舒服。

洗了澡之後，林楚邁出浴桶，站在地上，平舉著雙臂。

郭輕羽蹲在他的身前，為他擦著身體，從頭至腳，溫婉至極，一點至尊級高手的樣子都沒有。

更衣時，林楚低頭看著她，伸手撫上了她的髮絲。

她仰頭，看著林楚，微微笑著說：「爺，這是怎麼了？」

「輕羽，妳真是很會伺候人的，說真的，要是沒有妳，恐怕我的日子不會過得這麼舒心。」林楚讚嘆著。

郭輕羽微微搖頭。「能得到爺的垂青，我這心裡很開心，從前不知情愛，只覺得此生就這樣度過，現在想來，那將會了無生趣。

是爺讓我看到了這樣的精彩，男女之間的妙處讓人沉淪，還有我們的孩兒，還有心中的牽掛，總想為爺做事的心思。

這一切都是爺帶來的，所以要說是感謝，我真心感謝爺，就想為爺做這些事情，甚至再羞人的事情，我也願意。」

林楚抱著她，就這樣站在浴室中，看著窗外，和她成為了一體。

許久之後，郭輕羽抱著他的脖子，有些慵懶的說：「爺，真好……」

看著她慢慢睡下，林楚穿上了衣服，走了出去。

陽光有些炙熱，這已經是夏日了，他沿著路散散步。

這裡的皇宮更加奢華一些，到處都是水景，足見當年晉朝的富有。

不過這些年吏治清廉，所以這裡的風氣也變好了，宮中有小陸子坐鎮，不折不扣的執行著林楚的命令，也沒有發生那些齷齪事。

走入了風景之中，穿過湖邊時，一側有人彈琴，琴音幽幽。

林楚扭頭看去，一處亭子裡有一位穿著白衣的女子在撫琴。

她的姿色格外出挑，林楚瞇了瞇眼睛，以他現在的眼力，自然是看到了一切，那是鄭白玉。

陽光下，她的皮膚就像是在發光似的，散發著如玉般的光澤，整個人也是美到了極盡。

想了想，他舉步走了過去，一路進到亭中。

鄭白玉看到他時，連忙跪下行禮。「見過陛下。」

「起來吧，不必多禮。」林楚擺了擺手，坐下。

一側有茶，也有茶點，倒是沒有宮女伺候，他看了一眼，拿起茶杯喝了一口。

茶香回味無窮，那種回甘格外明顯，他不由得稱讚：「好茶！」的確是好茶，清冽回甘，而且沒有一絲雜味，不在謝家最頂尖的茶葉之下了，甚至還多了幾分的風味。

放下杯子時，林楚這才發現，這裡只有一個茶杯，一側還有一個口紅印子，那顯然是屬於鄭白玉的。

林楚的老臉一紅，仔細打量了她幾眼，她生得與鄭玉霜真是像啊，只不過姿色更勝一分，單單這樣的白就令人讚嘆，可以說是天下第一了。

鄭白玉坐在他的身側，臉色紅紅的，甚至她也不敢抬頭看他的臉，那股韻味真是夠足。

林楚輕輕咳了一聲。

「在宮中住得可還適應？有沒有人剋扣每個月的俸祿？還有飲食方面的供應是不是充足？」

「多謝陛下關心，沒有人敢剋扣，陸公公管理很嚴苛，他是陛下的人，這兒的官員沒有人為難我們。

我們吃得很好，甚至還有許多從前沒有吃過的東西送入宮中，有時還會有米其林配餐，我還胖了一點點。」鄭白玉回答，眼神中帶著笑。

林楚打量了她幾眼，搖頭。

「沒有看出胖來，腰還是那麼細，是團兒大了的關係嗎？」

「不是，小腹處多了點點的肉呢，比以前胖了一點點，妾身能感覺到的。」

鄭白玉嗔道，她還刻意解了側面的綁帶，露出一片小腹，用細長的手指輕輕一捏，捏了一點點的肉兒來證明。

林楚瞇著眼睛盯著，真是白啊，而且腰也是真細啊，他的眼神都直了。

鄭白玉這才察覺不妥，連忙放下了衣襟，垂頭說：「陛下，妾身失禮，只是剛才一時心急，所以……」

「無妨，過來坐吧。」林楚搖了搖頭。

她應該是有一點小心機的，只不過他也不在意，這個女人的確是絕色的，在他身邊的女人之中，能與她相比的也不多。

小心機用在這一方面，倒也有趣，只不過他的心中還是有些猶豫，她畢竟是柴宗揚的女人，而林楚身邊的女人，幾乎都是元陰未失，那幾個失了元陰的也都是各有各的理由。

但他並不在意，比如說是楊玉環、司玲玉、趙瓔珞、尤寶兒、羅姬，不僅不在意，反而別有意思。

鄭白玉起身，坐到林楚的身邊，離得很近，林楚都能聞到她身上的香味了。

「陛下，妾身的元陰其實未失，還在的。」鄭白玉低聲說著，有些怯怯的。

林楚一愣，這怎麼可能？

要知道她跟了柴宗揚可是很多年了，以她的姿色，沒有人會放過的。

鄭白玉解釋：「陛下，柴宗揚的身體其實很糟糕，他為了突破八品，花了很多的心思，所以那方面不太行。

當然了，也不是完全不行，但他在面對妾身的時候就不行，後來費妙慧入宮後，他的心思就放在她那邊了。

但他也很喜愛妾身，所以經常陪妾身，不過就只是喝喝茶，談一談琴棋書畫，就這樣一坐就是一整天……」

她說得很多，林楚慢慢聽著，漸漸也就明白了。

可能是她過於純淨吧，柴宗揚在她的面前就只適合談藝術，表現得斯文有禮，更多的心思放在費妙慧那邊。

但費妙慧其實也是元陰之身，借助於媚術為柴宗揚製造了一個又一個的夢。

這倒是好事，林楚看了鄭白玉一眼，抱起她，直接躺下。

好在地上本來就是鋪著一層墊子的，還有一個蒲團。

鄭白玉雪白的臉有如染上了一層紅霞，期期艾艾的說：「陛下，這是在外面呢，似乎不妥，於理不合……」

「不要緊，這是後宮，沒有男人，只有女人，被人發現了也沒什麼的，這是朕的地方。」林楚在她的耳邊說著，動作也沒停。

鄭白玉的聲音很是好聽，夏日有些熱，她一身是汗，汗珠在雪白的皮膚上滾動，留下的痕跡格外出色。

遠處有蛙鳴，有蟬噪，還有鳥鳴，但都不及她的聲音清甜而脆，且有娃娃音。

就這樣許久之後，鄭白玉完全依偎在林楚的懷裡，緊緊的，汗濕驚人。

林楚看了一眼，她果然是元陰未失，這就能接受了。

而且這麼長時間，也沒有人經過，倒是不會被打擾了興致。

林楚看著她的皮膚，那種白當真是了不起，陽光下似乎還反射著光，幽室生輝，妙極。

「後日我就要離開了，不過我會讓人送妳去金陵，去了妳就找玉霜，以後妳就住在那邊，暫時是我的嬙。」

林楚的手還是不肯老實，這樣的尤物不可多得。

鄭白玉點頭，怯怯的說：「人家都聽陛下的，陛下怎麼說，人家就怎麼做，只求將來陛下能讓人家生下孩兒。」

「放心吧，以後都會有的。」林楚點頭。

她要是和鄭玉霜在一起，那一定會更加有趣。

出發前，他安排小陸子讓人送鄭白玉去金陵，一路上好好伺候著。

她這一走，倒是讓其餘的女人帶著羨慕，要知道她們這種前朝後妃，要想得到當世帝王的寵愛，那真是格外不易。

林楚再次出行，坐船入海。

這幾日在皇室別院裡，他也是享盡人間極盡，所帶的女人個個都是絕色。

大船上，雨下青引路，漕幫的船沿海岸而行，一路入了深海，最終來到了一處大島。

抵達這座大島時，林楚愣了一下，這裡倒是有些像是前一世的南海以南。

只不過位置對得上，但地形有些不同，這兒有山，還挺高的。

魔宗就在山上，山就在海邊，這片海的顏色很純淨，湛藍至極。

「少爺，魔宗就在山上，現在魔宗弟子也不少，大約有三千多人了，楊任也住在山上，那裡有一處溫泉，可以增長修為。」

雨下青解釋了一番，整了整身上的袍子，整個人頓時變得高古儒雅，身上的氣息浮動，腦後甚至浮起一抹明輪，有如神仙中人。

一行人上山，山路不難走，修得很寬，來往的人也不少。

看到雨下青時，每個人都愣了一下，連忙行禮。

「見過左護法。」

「左護法許久未見，沒想到此生還能見到護法一面，這真是魔宗之幸啊！」

一行人跟在雨下青的身後，朝著山上走去。

等到來到山頂的時候，雨下青的身後已經跟著上千人了，個個都是一臉激動，足見他在魔宗的威望。

山頂上，楊任坐在偌大的廣場上，身邊圍坐著七個人，個個都是實力不凡。

聽到聲音，楊任扭頭看來，看到雨下青時，他的臉色一變，接著身影開始變淡，就要消失。

只不過林楚伸手一按，魔心訣運轉，他的氣息一散，整個人又回歸實體，老老實實坐在那兒。

第四章

傳承

「魔宗楊任見過陛下！」楊任老老實實起身行禮，接著說：「左護法也回來了啊？」

雨下青扭頭看了林楚一眼，他點了點頭，示意由他作主，於是他揚了揚眉，腦後的光輪越發亮了，那是轉世明輪的光輝。

「陛下已經修成魔心訣，邁入至尊六重境，可以說是天下第一高手了，自然而然就是魔宗之主，你們還有誰想要站在楊任的身邊？」雨下青平靜的說，只是身上的氣息越發濃烈，整個人有如魔神一般。

那七人同時起身，站到了楊任的對立面，對著雨下青行禮。

「左護法才是當年厲宗主之下的第一人，魔宗上下，無一人不服，楊任的確是沒有資格繼任！」

「魔心訣的傳人竟然是大唐陛下，此事當真是奇妙啊，自此之後，我魔宗當歸到陛下麾下，為陛下做事。」

幾人紛紛對著雨下青表達善意，雨下青看了幾人一眼說：「陛下掌控魔心訣，你們修行了聖心訣，注定是要受制於陛下的，還請陛下嘗試一番。」

林楚點頭，直接動用了魔心訣。

在他的感知之中，整個魔宗的人的確是不少，而且個個都是高手，最弱的也有五品，那應該是新人，七品、八品都不少，就連九品大宗師都不算太少。

意識之中可以感應到一些光點，每一個光點都代表著一個人，都受制於他。眼前的七人之中，有六人的臉色一變，這一刻他們與林楚之間建立起某種聯繫，就好像生死都掌控在林楚的手裡，那種感覺並不舒服，完全就是天敵般的感受，沒有反抗的能力。

最後一人是一名女子，生得格外聖潔，只不過骨相妖嬈，頗有費妙慧的風姿，腰極細，團兒卻鼓脹，風情格外出色，這是標準的內媚之體。

「魔宗聖女唐悠悠見過宗主。悠悠曾經去見過費姨，向她討教過自在天心法，她曾經說過，陛下是天下間最天才的男子，前後往來五百年，應該無人能超越陛下，就算是當年的厲天揚也不及陛下。

看費姨的樣子，應該是早就迷戀上了陛下，後來悠悠就聽聞費姨入宮了，成了陛下的寵妃，沒想到這一次還跟著陛下來了，而且風姿更勝從前。」女子一邊行禮，一邊說。

一側的費妙慧勾了勾嘴角，輕聲開口：「爺，讓我和悠悠說幾句話吧。」

「去吧。」林楚點頭。

他自然是知道唐悠悠的，這一屆江湖五美之一——孫星彩、聞潔、柳嫣然、高玉蘭和唐悠悠，目前有兩人都是他的女人。

楊任依舊站在原地，規規矩矩的，羽輕鴻、郭輕羽就站在他的身後。

林楚的目光落在他的身上，楊任老老實實的說：「宗主，日後楊任必當鞍前馬後為宗主做事。」

「口說無憑，過來吧。」林楚平靜的說。

楊任的臉色一變，身為魔宗之主，他自然知道魔心訣的手段，是能轉化龍使的。

只不過此時此刻，虛空都被封鎖了，他想走也走不了。

走到林楚的面前，楊任依舊老實，林楚抬指，點在了他的眉心處，將他轉化為了龍使。

這一刻，他再無任何的反抗心思，生死都操控在林楚的手裡。

「左護法，你暫時留在魔宗，打理魔宗事務，我不在魔宗時，就以你為主。」林楚交代著，接著看了楊任一眼後說：「以後你還是右護法，老老實實聽從安排，好好打理魔宗。」

「是，一切聽宗主令。」楊任回答。

林楚轉身進入一側的議事大堂，楊任跟在他的身後，雨下青則是留下來，和所有的弟子說著日後的規矩。

議事大堂中，林楚坐著，楊任站在他的身前，林楚開口問：「說說吧，五方山莊的人有沒有接觸你。」

「宗主，柴宗親自來的，還有一位至尊相隨，讓我帶人潛入梧州城附近，一起刺殺宗主，時間就定在九月的秋天，當時我頭腦發熱就答應了。

宗主放心，我是不會去的，他們還想對宗主出手，當真是不自量力。」楊任回答。

林楚擺了擺手。「行了，你該去，不過要在暗中出手，打對方一個措手不及。」

「一切聽從宗主地安排。」楊任點頭。

林楚揮了揮手，楊任離開，他起身轉了轉，扭頭看向一側。

郭輕羽和羽輕鴻一直跟在他的身邊，注意到他的表情，羽輕鴻詢問：「爺，怎麼了？」

「那個地方，有些奇怪，我剛才運轉魔心訣時，似乎察覺到幾分的異常。」林楚皺著眉頭回答，接著走了過去。

那個位置位於山間的另一側，不算遠，也有一座房子，不過似乎很久沒有用過了。

雨下青從外面急匆匆跟了過來，問：「少爺是有什麼發現嗎？」

「這座房子是做什麼用處的？」林楚問。

雨下青回答：「這是厲天揚從前住過的地方，很簡陋，沒什麼特別的。」

林楚沒應聲，走了進去，四下看了看。

房子的確是不大，一共只有三間，一間是臥室，一間是練功房，最後一間則是一個廳堂，他感應片刻，走入了練功房。

練功房的一側有一個大鼎，而牆上掛著一幅畫，上面一共有三個人，聽雨下青所說，這是魔宗前三代的宗主。

林楚伸手一按，將大鼎拎了起來，放到一側，仔細看著地面。

雨下青瞬間就明白過來了，伸手在地上敲了敲，感應片刻，這才起身說：「少爺，地下應沒是沒有空間的。」

「不是地下，是在牆後，這裡。」

林楚搖頭，拔劍，一劍刺入了牆體之中。

以他現在的實力，切牆如同是切豆腐一般，直接就切出了一個方方整整的洞。

牆壁有些厚，果然有一條暗道通向地下，有些深。

地下的暗道可能長時間沒有通過風了，空氣並不清新，林楚帶著幾人退開，任由空氣灌進去。

「少爺，老奴先下去探探吧。」雨下青請纓。

林楚搖了搖頭。「你找不到，這是一種感應，一會兒我親自下去就行了。」

「少爺，那我和你一起下去，兩位皇妃就不用下去了，下面的髒東西應該是不少的。」雨下青又說。

羽輕鴻馬上拒絕。

「不可！我會親自陪爺下去的，輕羽姐姐就不用下去了，就在這上面接應吧。」

通道有些長，在林楚的感應之中，已經深入到地下有二十公尺了。

此時他踏到實處，只不過到處黑漆漆的。

雨下青從懷中取出火摺子，點著，照亮了四周。

空氣並不清新，氧氣含量還不算高，但火摺子燃得還算是旺。

三人向前走去，通道很寬，也沒有什麼陷阱，地面都是石頭，很結實。

走了大約有三百公尺，前方出現了一處寬廣的地方，分隔出了好幾間房。

林楚挨個房間看了看，心中動了動。

其中的一張桌子上，擺放著一個盒子，盒子裡面是三個圓球，看著不起眼，但卻就是能夠引動魔心訣的感應。

雨下青也轉了一圈，回來時，一臉驚訝。

「少爺，這麼多年了，我竟然不知道山腹之中還有這樣一個地方，真是太神奇了，厲天揚也夠厲害的，他到底是怎麼弄出來的，真是匪夷所思，看起來他的武功不簡單。

而且我還看到了魔宗歷朝歷代的祖師像，一共四十三人，都在這兒了，還有魔宗至寶也在……咦，這是明心珠啊，用於魔宗傳承的，只有修行過魔心訣的人才能感應到，而且要修行過相對應的武學才有資格傳承其中的東西，厲天揚雖然厲害，但修行的也只不過是聖心訣而已。」

林楚想了想，想要伸手，但羽輕鴻卻是搶先一步出手。

那隻素白色的手纖細至極，指形格外漂亮，不愧是當年的天下第一美女。

握過珠子，感應一番，羽輕鴻一無所覺，搖著頭說：「爺，我沒有感覺到任何的異常，就像是普普通通的珠子似的。」

「娘娘，這就是明心珠的厲害，這可是魔宗祖上傳下來的東西，傳說是用破碎虛空的絕頂高手腿骨做出來的。」雨下青輕聲解釋。

林楚一愣，破碎虛空級的高手？

武功到了至尊七重境，就可以感悟破碎虛空了，只不過林楚並不打算離開。這方世界有太多的牽掛，他其實也無意習武，甚至邁入至尊都是出乎他的意料之外，他壓根就沒有努力過。

接過珠子，林楚一愣，意識之中浮起了魔心訣的種種妙法。

除了魔心訣本身之外，還有許多衍生出來的法門，包括輕功、武功招式，甚至還有幻術等等，相當奇妙。

不得不說，魔心訣能成為魔宗的至高秘典，也不是沒有道理的。

天下間所有的武學都不可能像是魔心訣這般，其中的武學過於精深，比如說暗器手法，不在唐門的神手九散之下。

甚至還有劍術，與劍心門相比也差不了多少，無非就是少了劍心通明而已。

在林楚的感知之中，似乎過了很久。

等到他放下手中的珠子後，問：「過了多久？」

「少爺，只有一息，並沒有多久。」雨下青回答。

林楚一愣，一側的羽輕鴻伸手握住他的手說：「爺，是不是覺得過了很久？」

「沒事。」林楚反握住她的手，摩挲一番後鬆開，主動握起第二顆珠子。

這一次的傳承是轉世明輪，他的腦後驀然浮起一道明輪，上面是無數的符文。

這一次雨下青的眼神都直了，看著明輪不斷變幻著形狀，他竟然受益不淺。不過明輪的變化太快了，一息萬變，他拼了命也記不住，只能看到明輪最終化為一個印記，浮在林楚的眉心處，隱隱約約的，有如月牙一般，散著淡淡的光，襯得他越發神偉了。

林楚張開眼睛，將珠子放下，沒有破壞，以期待未來的有緣人。

只不過魔心訣傳承的珠子還好，只是多了一道裂紋，但轉世明輪的珠子上卻是有著兩道裂紋。

雨下青有些肉痛的嘆了一口氣。「少爺，明心珠每傳承一次，就會出現一道裂紋，極限就是五次。

魔心訣只有一道裂紋，那就說明只有少爺傳承了，其他的人修行不了，自然也就無法啟動。

轉世明輪已經有過一次傳承了，這也是魔宗不世出的武學，放眼天下是屬於最頂尖層次的，不在魔心訣之下。」

「的確是不在魔心訣之下，其中玄妙令人讚嘆。」林楚稱讚了一聲，接著將明心珠遞給了雨下青。

雨下青一愣，正要說話時，林楚擺了擺手。

「我還是希望你將這門武學傳下去，未來的魔宗不應只有宗主一脈。魔心訣的修行太過於困難，所以轉世明輪一脈也可以成為宗主，這門武學沒有那麼苛刻，只要天賦夠就能修成的，而且威力也夠強。」

「多謝少爺，老奴記下了。」雨下青應了一聲，行了一個大禮，接過明心珠。

腦後的轉世明輪浮起，他的實力漸漸攀升，到了一種匪夷所思的程度。明心珠上又多了一道裂紋，三道，但雨下青的實力卻是變強了，一直到了至尊五重境，這才停了下來。

還有最後一顆珠子，林楚看了一眼，上面已經有三道裂紋了。也就是說，還能傳承最後的兩次，林楚瞇了瞇眼睛，這應該就是自在天心法了。

魔宗三大武學，魔心訣為首，轉世明輪和自在天心法次之，但都是江湖中最頂尖的，不可多得。

「阿鴻，收起來，就讓妙慧用了吧。」林楚吩咐。

費妙慧、唐悠悠都需要它，但他對於自在天心法卻是並不在意，這是聖女一脈的不傳之秘，應該是適合女人的。

羽輕鴻收了起來，用布包好，放在懷中。

此時雨下青已經張開了眼睛，放下手中的明心珠，整個人有了幾分微微的滄桑。

「還是不如少爺啊，少爺已經將明輪具現化了，凝在眉心處，老奴還差了一分，不過至重六重天近了，老奴覺得離開至尊之巔倒應是不遠了。」

雨下青一臉滿足，林楚笑笑。「走吧，再看看。」

這片地方不小，雨下青所說的魔宗至寶是一支笛子，這是十代祖師用過的。

林楚直接收走，又轉了轉，其它的東西也沒有動，接著再向前走了幾步，通道到頭了。

一名男子坐在盡頭處，背後是一面牆。

男子生得有些古拙，雖然不英俊，但整個人卻有一種獨特的氣質，一身青袍，生機斷絕，但身體如石。

「厲天揚！」雨下青愣了一下。

林楚一愣，這就是魔宗之主厲天揚？

厲天揚與費妙慧之間的是是非非，導致了他最終的身死。

聽說齊傷止動了手，沒想到厲天揚最終還是回到了魔宗，死在了這裡。

雨下青走到了他的身邊，仔仔細細檢查了一番，這才感嘆的說：「少爺，他的身上有很多傷，這是齊傷止留下來的，只不過最重的這道傷是雲破天留下來的，這才是最終的致命傷。

厲天揚真是夠厲害，在這樣的傷勢下還能堅持著回來。」

「爺，後面的牆壁上有字。」羽輕鴻在另一邊，一臉意外的說。

雨下青舉起手中的火把，後面的牆壁上果然有字。

「我是厲天揚，魔宗之主，生機已絕，無望恢復，留下最終的遺言。

魔宗現在勢未成，我過於自大，所以並沒有收親傳弟子，愧對魔宗……雨下青最適合打理宗門，但他的心有些飄，總是不在門宗之中；楊任實力差一些，心性過於陰冷，最終的勝者應該會是他。

我不應該對聖女生出心思，只不過聖女不愧是天下間的第一美女……就到這裡吧，日後有緣人若是能看到，希望告訴未來的宗主，魔宗的傳承不會絕，因為天下間破碎虛空者最多的就是魔宗了，魔宗先祖多數在仙界等著我們。

就算是魔宗破滅，他們也會知道這一切，甚至還會想辦法傳下來種種指引，明心珠就是他們突然間傳下來的，用於傳承。

不過魔心訣過於深奧，我不相信除了初代祖師，還有人能夠練成，這根本就不是人能練成的，所以將來若是有人能練成，一定要燒上一炷香，告訴我。」

寫得很多，無非就是在後悔，後悔對費妙慧起了心思，後悔沒有將魔宗好好傳承下去。

林楚看著他的樣子，嘆了一聲，這也是當年的人傑，可惜了。

這兒無香，但他還是行了一禮，認認真真的。

「厲天揚，我是現任的魔宗之主，練成了魔心訣，並非是我刻意追求的，而是機緣巧合。

我相信未來也一定會有人能練成魔心訣的，這門武學的確是過於苛刻，但天下間能人輩出，總有人能學會的。」

林楚認真的說，又拜了拜，這才起身。

雨下青也跟著拜了拜。

「厲天揚，我是雨下青，從前時我敬你，畢竟你是天才，但現在看來，你比少爺差太遠了。

一個人厲害不厲害，不僅僅看是不是天才，還要看他的胸襟、見識、脾性、才情等等，你一樣也比不過少爺。

我曾經也是天下間真正天驕式的人物，不會屈從於任何人，對於你也是一樣，但我願意在少爺面前為奴，也是因為這一點。

天下間無數天才，無數英雄，但少爺行事的格局不同，他注定是要成為天下間一等一的大人物，有少爺在，魔宗的傳承不會斷，只會越來越好。」

拜完之後，林楚收走了最後的兩顆明心珠，三人離開。

回到上面，雨下青看了林楚一眼，詢問：「少爺，這個洞如何處理？」

「留著吧，裝一扇門，將這裡打造成魔宗的重地，以後新人入宗後就到這裡來拜一拜，這裡可是有著歷代祖師像的。

還有厲天揚的遺體，他雖然死了，血肉也乾了，但卻沒有變成骷髏，從這一點來看，他的血肉應該已經發生了轉變，可能千年不腐了。」林楚回答。

反正用來傳承的明心珠已經收走了，下面也沒什麼珍貴的東西了。

離開這裡後，雨下青安排人過來處理這座屋子，以後就算是傳承之地了。

魔宗起落的建築一大片，房子建得也很好，林楚住在最大的房子裡，還有一個很大的院子，裡面竟然有荷池。

這裡的氣溫很暖，一年四季都是初夏的感覺，所以荷花開了一茬又一茬。綻開的花有些豔，林楚坐在堂前，看著外面的荷花，費妙慧扭著腰走了過來，在他的身邊坐下。

「爺，你找我？」費妙慧懶洋洋地說，聲音有些沙啞，就像是劃過心田的羽毛。

她的媚意極盛，坐在那兒側著身子，繡花鞋從裙擺下出現，裡面是白色的絲襪，那抹風情真是厲害。

林楚看著她那種風騷的樣子，笑了笑，將她抱入懷中，手馬上不老實了起來。

就這樣片刻之後，她都有點氣喘吁吁了，只能求饒：「爺，不敢了，人家老實些還不行嘛，放過人家吧……」

這哪裡是求放過？分明就是求那什麼了。

林楚抱著她進了後院，她的聲音最是媚，婉轉如鳥，低吟如風。

過了許久，費妙慧趴在他的身上，摟著他的脖子，臉色一片酡紅，低聲提議：「爺，將悠悠也娶進宮吧，我和她說好了，她也願意，這樣兩代聖女同時……我相信爺是很開心的……呀，果然如此，爺就是喜歡這樣的。」

「行了，這是魔宗的傳承明心珠，妳來試試，能讓妳的大自在心法達到圓滿，妳的境界也會再進一步的。」

林楚摸出明心珠，遞到了她的手裡，只不過卻是隔著布，否則他就直接吸收了。

費妙慧一愣，取過珠子。

她的身上驀然浮起了光芒，大自在心法開始運轉，整個人變成了光一般，髮絲都轉白了，身上的肌膚更是白如雪、滑如玉，那種種的妙處無以形容。

身形也發生了改變，一切都是朝著頂尖媚術的方向發展。

就這樣片刻之後，她的氣息攀升，一直到了至尊六重境，珠子上又多了一道裂紋。

「妙啊！爺，原來這才是真正的大自在心法，隨心所欲，千變萬化，其中還有大量的真陽，我一步邁入了至尊六重境，這下子厲害了！」費妙慧喃喃自語，臉上喜滋滋的。

林楚伸手在她的大團兒處拍了一下，哼了一聲。「哪兒厲害了？」

「不厲害，一點也不厲害，和爺相比，差得太遠了，人家始終是爺身邊一個小小的女人，為爺捂腳，為爺生孩子，為爺吞……」

費妙慧笑著，臉上的媚意越來越盛，只是卻是越說越不像話，說到最後，被林楚制止了，片刻間又有鳥鳴音傳來。

等到林楚起身時，心中感嘆，這下子他身邊最媚的女人就是她了，身材果然變了，變得更強了。

不得不說，大自在心法對於女人的改造太明顯了。

這不是些微的改造，而是從頭到腳的改造，甚至髮絲、眼眉、牙齒等等都變了，純粹就是以媚術為進展方向了，類似於進化。

第五章

長安城破

魔宗孤島，山如劍。

林楚站在山上，看著下方的海。

海水碧藍，魚也不少，海岸線太長了，不少魔宗弟子在海邊捕魚。

島上也耕作著不少的地，林楚想了想，這裡也應該推行教化了，用大唐的方式來處理。

否則時間長了，這裡就會與外面失去了聯絡，變得有些落後了，而落後就會意味著愚昧，後面就難以挽回。

腳步聲響起，香風習習，唐悠悠走了過來，對著林楚行禮。「見過宗主。」

「妳已經是九品大宗師了，而且位列巔峰，只差一步就能邁入至尊了，這一次我給妳這個機會，讓妳成為至尊。」林楚打量了她幾眼，點著頭說。

她的氣質和費妙慧當真是像，身段也像，整個人有一種曼妙感。

他摸出明心珠，遞給唐悠悠。

唐悠悠看了一眼，愣了一下。

「我知道了，這是明心珠？魔宗傳承之珠！只是聽人說，這是只有魔心訣修行者才能使用的，我也行嗎？」

「這樣的珠子一共有三顆，分別對應著魔心訣、轉世明輪和大自在心法，妳修行的是大自在心法，可以用。

只不過這珠子只能用五次，每用一次上面就會多出一道裂紋，現在已經有四道裂紋了，還能用最後一次，妳用了吧。」林楚搖了搖頭，平靜的說。

唐悠悠的目光落在林楚的臉上，當看到他眉心處的那道月牙時，愣了一下，浮起幾分的癡迷感。

「宗主果然是天下間最吸引人的英雄，且不說武功通玄，單單是這樣的長相就無人可及了，而且還很年輕。」唐悠悠讚嘆著。

聞言，林楚只是笑笑。「行了，提升實力吧，魔宗的事情解決了，過幾日我就要離開了。」

林楚沒有打算將魔宗整體帶走，不過可以在大唐境內設一個山門，專門招收弟子。

這座島太大了，而且環境也太好了，林楚覺得應該保留，甚至他還打算在這裡建一個水師基地，打造水師，再向外拓展。

在他的記憶之中，這片海域有不少的土地，完全可以征伐下來，推行教化。

唐悠悠接過了明心珠，微光浮起。

她的氣質也生出了變化，情況和費妙慧差不多，長髮都變白了，身形也有些不同尋常的變化。

林楚皺了皺眉頭，費妙慧的頭髮變白，林楚就覺得有些奇怪，這一次唐悠悠也變白了，顯然這是大自在心法帶來的轉變。

不過這種類似於精靈般的樣子，遠勝從前，美到極盡。

明心珠上又多了一道裂紋，接著化為粉塵，簌簌落下，在唐悠悠雪白的指間滑落，融入風中。

片刻後，她緩緩張開眼睛，接著跪在林楚的面前，激動的說：「多謝宗主，我終於踏上了至尊境！」

「妳還很年輕，天賦相當不簡單，邁入至尊是必然的事情，我現在只不過是讓妳提前了一些而已。」

林楚雙手扶起她，她勾了勾嘴角，那張臉突然間笑了起來，表情媚到極盡。

一時之間，他也有些失神，但她的媚術相當高級，同時還微微的扭腰，硬生生擠入了他的懷裡，在他的耳邊吹了口氣。

「宗主，人家……」

聲音飄渺，泛著異香，林楚吐了口氣，抱起她。

這就是真正的撩了，他也就不客氣了，抱著她直接進了一側的一座亭子之中。

大海和鳴，海浪衝擊著山壁，聲音不絕，層層不息，無盡的水花拍碎，濺起無盡的細絲，在空中飛舞。

唐悠悠的聲音也好聽，雖然低吟，卻並沒有被海浪聲壓下，總有那麼一線融入其中，高音不絕。

許久之後，林楚收了收身上的袍子，將她完全抱入懷中。

唐悠悠笑笑，臉色一片紅，看著他的臉說：「爺，我現在能跟著你回金陵嗎？」

「以後妳就是我的嬙了，入宮後好好陪著妙慧。」林楚點頭。

唐悠悠有如八爪魚一般抱緊他，勾著嘴角，笑得越發媚了。

林楚在魔宗住了三天，整頓了一番，選了一處地方建碼頭，並且準備建一批房子。

這件事情倒也不急，他準備回去之後就讓人來處理。

雨下青留了下來，要在這裡住上至少一年的時間，直到將碼頭建成，日後以此為基地，向外征戰。

坐船回去時，林楚坐在二層的甲板上，看著海鷗在空中起落，心中一片寧靜。

這個年代的大海是很純淨的，陳涉還時不時會用自製的工具叉上魚來。魚還挺大，最大的都有二十多斤了，不過在至尊境面前，這些魚也沒有反抗的能力。

費妙慧、羽輕鴻陪在林楚的兩側，靠在他的肩頭，兩張明媚如花的臉，代表了江湖上前後兩代的第一美人，同樣出色。

林楚攬著她們的腰說：「西涼那邊想必是快了，等到未來打下北齊之後，我想去北境走一走，那裡是匈奴人的天下。

逐草而居的匈奴人對於中原的威脅還是很大的，不過一味的驅逐也並不合適，我會將匈奴也納入大唐的版圖之中，讓他們養牛養羊，成為大唐的子民，根據地理位置來完善大唐的物資。

讓種地的種地，養牛的養牛，然後統一貨幣，這樣他們要吃糧可以買到，中原人想吃羊肉也容易買到，只要所有人都能吃得飽飯，那就不會再想著去掠奪了，至於北部的大部分土地之外，那裡是荒族的地方。

這天下太大了，恐怕我在有生之年不可能盡數拿下來，但在力所能及的範圍內，我儘量做到極盡就好了。」

對於林楚來說，就算是把整個世界都打下來，他也沒法治理。那也是不現實的，所以他的目標就是將前一世類似於亞歐大陸拿下來就夠了，這樣後期的戰爭就不會再有了。

只是這樣龐大的帝國，命令要傳遞起來也困難，只能等待科技的進步了。又或者，他身邊有那麼多的傀儡，其中還有至尊級的，他們不知疲累，速度也遠超奔馬，和前一世的汽車相比都差不多，用來傳遞消息、維持秩序最好不過了。

羽輕鴻和費妙慧的目光落在他的臉上，帶著癡迷。

這個男人的雄心壯志，總是讓她們為之沉迷，她們的身子擠了擠，想擠入他的身體之中。

就在這陽光明媚的海上，海鷗飛掠，海浪和鳴，還有遙不可及的鯨鳴聲。

金陵，已經進入了初冬。

開平五年就這樣即將要過完了，百姓們對於外部的戰爭沒有任何察覺，因為並沒有影響到他們的生活，只不過士族們卻是一直打聽著這些消息。

西涼已經失去了大部分的土地，只剩下長安城以北和以東的地方了。

蘇明雪與吳病大軍正面衝撞過，前後打了數十次，吳病被擊潰了，已經回到長安城。

從現在的情況來看，柴方遠怕是要遷都了，因為長安城是守不住了。

至於北齊那邊，戰爭還在持續，但初冬來臨，北齊的糧草不夠了。

赤血為帥，率二十萬大軍南下，陳兵西線，與衛秋夷對峙。

林楚收到這些情報的時候，心中大定，只不過赤血雖然是他的人，但要想投降，也不可能帶動所有人。

畢竟二十萬大軍之中，還有不少將領，其中不乏北齊的猛將，對於北齊還是忠心耿耿。

所以機會只有一次，必須要利益最大化。

林楚準備親自去一次北線，暗中見一見赤血，無論如何，以後再難有這樣的機會了。

這一次之後，相信北齊就無力征伐了，只能龜縮守土。

只是時間還不急，先讓赤血打幾場，以增加在宇文邕心中的地位，給他更多的信任。

這樣一來，後期就越來越好辦了。

不得不說，赤血雖然出身草莽，但對於戰局的把握卻是相當出色。

林楚沒有告訴衛秋夷關於赤血的事情，也沒有讓赤血手下留情，雙方打得有來有往，倒是僵持住了。

等到十二月時，林楚得到消息，大悲寺的方丈神智出關了，已經到了西線，聽說要入道大唐，刺殺林楚。

這一次五方山莊的餘孽也捲入了其中，這些江湖上的消息是月池宮傳來的。月池宮倒是沒有受到太多的為難，宇文邕也不敢輕易動手，就怕惹怒了林楚，將來不好收場。

劍心門的趙英初出關，直接去了北齊。

當初他答應過林楚，必要時要出力，但現在西涼節節敗退，劍心門的山門已經屬於大唐的土地了。

也就是說，現在的劍心門，從歸屬上來看，與西涼無關了。

越玄衣、陸夏螢、李越樓和天璣各生了一個女兒，樓思思和獨孤伽羅倒是生下了兒子。

陸夏螢越發不開心了，林楚看她的時候，她的眼圈都紅了。

不過因為生了孩子，她的身段又腴了幾分，而且還不是一般的腴，有一種驚人般的味道，讓林楚不免又喜愛了幾分。

「不哭了，等妳出了月子，再過兩三個月，把身體調理好了，我們再生就是了，反正妳也無事可做，不如就專心為我生孩子。妳也不必擔心身形變化，我的真陽可以為妳調理身體，生得越多，身材越好，妳看，肚子上一點細紋都沒有呢。」

林楚笑笑，伸手捏了捏她的肚子，依舊光嫩。

陸夏螢這才破涕為笑，認真的說：「爺，這可是你說的啊，那人家就等著了，無論如何，一定要生下一個兒子。」

對於她這樣的執念，林楚也沒有什麼好辦法。

他是在三月的時候，偷偷去了北部，看看衛秋夷。

衛秋夷的身邊駐紮著十五萬大軍，整片戰場上到處都瀰漫著血腥氣，空中的禿鷹不斷盤旋著，透著戰場獨有的悲涼。

林楚站在城牆之上，身上穿著便服，並不引人注意。

看到這樣的畫面，他心中一嘆，戰爭總是要死人的，總會造成許多家庭的悲劇，但卻又不得不打，對於他來說，天下若是不統一，未來的戰爭會更多。

回到大帳之中，衛秋夷一直跟在他的身邊。

剛剛坐下，外面傳來腳步聲，伴隨著鐵甲撞擊的聲音，一脆生生的女子聲音響起：「爹，聽說陛下來了，是不是真的？」

衛隱霧走了進來，一身戰甲，懷中抱著頭甲，整個人高挑且颯爽。

一頭長髮披著，小圓臉微微瘦了些，變得比從前更加漂亮，但小酒窩依舊。

看到林楚坐在那兒，她的臉色一紅，直接單膝跪下。「衛隱霧見過陛下。」

「起來吧，正好一起議事……對了，朕記得妳是在打西涼，什麼時候回來的？」

林楚招呼了一聲，看著衛隱霧起身，身段真是有些柔。

她開心的說：「這邊的戰事吃緊，西涼那邊已經攻下長安了，後面的追擊就用不著我了，我就回來了。

我想立大功，將來好見到陛下，因此就回來打北齊，陛下，我估計再過半年，西涼就沒有了。

這一次攻入長安時，柴方遠跑了，但沒帶多少東西，甚至後宮的妃子都沒帶，聽說只帶了一個江妃就走了。」

林楚一愣，長安城被攻破了？他還沒有收到這個消息，這樣一來他就必須去長安一次了。

幾人落座，林楚看著衛隱霧說：「妳現在已經見到朕了，回頭打北齊時，一定要好好謀劃，妳很有本事，朕看好妳。」

「陛下，我想嫁給你！」衛隱霧直愣愣又很大膽的說。

林楚一愣，一側的衛秋夷臉色一變，喝斥她：「又亂說話了！陛下選妃，需要走流程的，哪能說娶就娶？而且選秀女的話，天下有多少的女人都想要嫁給陛下，還能輪到妳？各大世家，還有大臣家的千金們太多了……」

「行了，不要說她了，朕什麼時候選過秀女？朕這一生，不會去選秀女，因為宮中的女子已經不少了。

民間嫁娶，朕不干涉，那是百姓的自由，強娶民女與朕的本意不符，不過隱霧既然願意入宮，那麼她現在就是朕的妃子了，等到合適的時機，妳回宮之時，朕就正式納妳為妃。

老衛，不用緊張，這事就這麼定了，你別阻止她。」

林楚擺了擺手，衛隱霧起身行禮。「陛下，我好開心啊，這樣的話，以後爹就不敢再說我了，因為我是陛下的妃子了！」

「多謝陛下恩賜衛家！」衛秋夷行了一個大禮，規規矩矩的。

林楚揮了揮手，黃山親自扶起他，他看了衛隱霧一眼，目生複雜，又有欣慰。

接著，他行禮說：「臣衛秋夷見過衛妃。」

「爹，這是幹什麼！」衛隱霧嚇了一跳。

衛秋夷認真的說：「以後妳就是陛下的妃子了，禮不可廢，好好的，不要再像是從前那樣，一定要聽陛下的話。」

「我肯定會聽陛下的，什麼都依著他，因為我喜歡他啊，而且是喜歡得不得了，要給他生很多很多的孩子。」衛隱霧一臉認真的說。

林楚一愣，微微一笑，心有溫暖。

大帳之中，衛隱霧老老實實的坐在了林楚的身邊，不過一直盯著他的臉，一臉癡迷。

林楚看了看四周，都是他的親信，他說：「赤血用兵還不錯，能和衛軍長打得有來有回，說明還是有點本事的，只不過他是朕的人，今晚會過來見見朕，所以接下來，朕打算讓他將忠於北齊的大將都一鍋端了。

然後他就可以歸順我們大唐，與我們一起借機北上，拿下北齊的數郡之地，直逼新山城，這樣的機會只有一次。」

所有人同時吸了一口氣，這個消息太突然了，北齊的領軍大帥竟然是大唐的人。

要知道之前雙方交戰，可是打出了真火，從來都沒有放過水，結果到最後是自己人和自己人打。

「陛下，這場仗打到現在，死了不少的兄弟，如果早知道……」蘇烈在一旁說。

沒錯，蘇烈也來了，與北齊之間的大戰已經全面展開了，單靠衛秋夷一個人是不夠的。

林楚擺了擺手，平靜的說：「朕明白你的意思，但如果不真正打過幾場，宇文邕是不會信的，他不是真正的昏君，還是有頭腦的。

朕也知道死了不少人，但等到赤血來投之後，就不會再死人了，相比起來，死一人能救十人，朕還會這麼做。

或許這天下的人不會理解朕，畢竟對於死去的人來說，他們的家人、親朋好友非常悲傷，自然想不明白。

時代的一粒沙落到每個人的身上，那就是一座大山，壓得人寸步不能移動，但這能讓更多的人活下來，所以罵名朕可以背！」

四周所有人的目光落在他的身上，帶著幾分的崇拜之感。

「陛下，這是臣的責任，臣來背負罵名！」衛秋夷說。

林楚搖頭。「現在還不是討論這些事情的時候，想一想赤血的事情，如何配合行動，今日他就要來見朕了。

你們一起參與，商量出最優的方案，要盡快拿下北齊大部分的土地，朕已經派了文臣過來，準備接手攻下來的城池，便於治理。」

幾人討論了起來，衛秋夷對於北齊也很熟悉，畢竟打過很多次了，一直在研究這方面的事情，所以討論的方案行之有效。

赤血是在午夜時過來的，他的氣息渾厚，見到林楚就拜了下去。「赤血見過少爺！」

「起來吧，你的氣息沉厚，實力增長得不錯，這次過來，我為你穩一穩，讓你再進一步，然後商量商量接下去的對策。」

林楚一邊回應，一邊取出真陽之母，引動其中的真陽之氣，灌注到赤血的體內。

赤血盤坐在地上，不斷吸收著，身上的頭髮都揚了起來，體內的氣息牽引著，越發凝實。

就這樣坐了半個時辰，他睜開眼睛，對著林楚磕了頭，恭敬至極。

「少爺，我已經邁入了九品大宗師的巔峰，差一步就是至尊了，未來可期，多謝少爺！」

赤血的聲音中一片赤誠，林楚扶起他，讓他坐下，接著把所有人招了進來，商量未來的對策。

時間緊迫，只有半個時辰，商定之後，赤血就直接走了。

他穿著一件大披風，身形隱入了黑暗之中，速度極快。

林楚並沒有在這裡久留，而是去了長安城。

西涼失了國都，這是震動天下的大事，他必須去處理一番。

四月了，西涼還不算是太熱。

林楚進入長安城，直接就入住宮中。

整座長安城已經整修過了，戰爭的殘痕都處理過了，包括地上的鮮血也都沖刷乾淨。

宮中沒有太多的變化，不過因為林楚之前處理過晉皇宮，所以很多人也有了經驗，就參照之前的經驗，有人願意出宮，有人願意留下來，宮女、太監，還有嬪妃都統計過了。

所以林楚看了看名單之後，讓黃山帶人去問了問每個人的情況，花了整整三天時間。

出宮的宮女相對多一些，每人發放二十兩銀子，太監相對就少了一些。

想要出宮的嬪妃數量竟然也不算少，畢竟她們來自於各個世家，就算是回去了，也會受到善待，還可以重新嫁人。

當然了，出宮的都是年輕的女子，林楚一人發放了一百兩銀子。

只是她們並不知道，有許多的豪門大族已經消失了，這也是林楚提前的安排。

凡是名聲差的家族，入城時就順手處理掉了，蘇明雪身為司令，要做這些事情並不難，就當是清除殘黨。

皇宮中安靜了下來，剩下來的人的確是不多了，林楚也無意去接觸宮中的女人，總之養著她們就是了。

因為他的到來，激發將士們的熱情，進攻的速度更快了，甚至西涼百姓也很興奮。

大唐推行的新政，對他們有利，甚至因為戰爭，很多人都吃不上飯，林楚就讓人施粥。

長安街頭，林楚穿著一身白袍，行走在路上，郭輕羽、羽輕鴻、司玲玉三女都是男裝打扮，跟在他的身邊，道塵跟得稍微遠一些，再遠處就是陳涉和十名親兵。

長街一側有人在施粥，粥棚很長，不少人在排隊領粥。粥不算稀，百姓們很滿足。

雲水落從一邊走了過來，身邊跟著雲水泫，來到林楚的面前，兩人同時行禮。

「陛下，找到了柴宗，他與魔情谷的人在一起，就在長安城之外的一處莊子裡，準備刺殺陛下。

大悲寺神智則是和趙門主交手著，只不過他們行走在山野之間，交手了有十數天了，到目前沒有任何消息。」雲水落低聲稟報。

林楚點了點頭。「他就那麼想要殺我，那就去看看吧，我們這就走。」

一行人轉身離開，林楚上了馬車，雲水泫看著他的背影，目光中有些崇拜。

「怎麼了？」雲水落扭頭看了她一眼，一臉疑惑。

雲水泫搖頭。「沒什麼，只是覺得天下到了這一步，應該是要統一了，真沒想到，在我的有生之年，還能看到天下歸一。」

「陛下這等男兒，天下罕有，不過他身邊的女子太多了，妳……」

雲水落話音未落，雲水泫打斷了他的話：「哥哥，我心中明白，走吧，我的劍也要飲血了，五方山莊這些年禍害的江湖人太多了。」

「那就走吧，妳順便看看陛下的實力，聽聞他現在是至尊六重境，天下第一。」

雲水落轉身，走入了人群之中，身形飄忽。

第六章

五大供奉

長安城外有一片很大的林子，就在一條大河的西側。

林子綿延，進到山脈的深處，這條大河很寬，在這裡很有名，名字就叫春寧河。

河的西岸有一座莊子，占地挺廣，遮掩於樹林之中。

林楚一行過來的時候，並沒有掩飾行蹤。

莊子裡傳來哨子聲，接著幾道身影騰空而起。

費妙慧伸手一揮，一縷縷威壓浮動，似乎形成了領域，所有人的身子一沉，直接落了下去。

身為至尊六重境，她的實力已經增長到了可怕的程度，甚至她站在牆頭處，微微斜了斜身子，散發出來的媚術讓絕大多數人都呆住了。

莊子裡許多的人都開始流口水了，她勾了勾嘴角，眼波流動間，很多人都坐下了，一動也不能動。

這樣的媚術堪稱無敵，此時莊子裡還能站著的人只有幾個了，包括柴宗，還有他身邊那名大漢，另外還有三名蒙面的女子，目光灼灼。

林楚的身形浮起，直接從院牆進去，落在柴宗的面前。

郭輕羽、羽輕鴻、東水流、唐悠悠和道塵相隨，陳涉也拎著斬馬刀，以及陳長路。

「柴宗，跪下，降了吧。」林楚平靜的說，接著目光落在那三名女子的身上，揚了揚眉說：「魔情谷的人？」

魔情谷的高層死得差不多了，左護法、右護法都死了，五部長老之中，赤狐、陳涉降了，金部長老白蛇死了，水部長老被聞潔殺了，只剩下木部長老，潛伏在歸元堂，四大堂主也死絕了。

沒想到還能有這樣三位高手，這表示魔情谷的底蘊很強大。

一名女子挑著眉看他，目光中劍氣浮動，喝斥道：「林楚，你這惡賊殺我魔情谷眾多長老、堂主，當誅！」

「聒噪！」郭輕羽挑眉，揮劍而斬。

她容不得任何人說林楚的不是，這名女子竟然敢當面喝罵林楚，她忍不了。

劍光犀利，帶著冰雪之氣，直接就到了女子的面前。

她拔劍，與郭輕羽的劍光撞到了一起，接著臉色就是一變。

郭輕羽已經是至尊四重境了，要知道至尊境之後，每邁一個小境界都難如登天。

女人被斬飛了，身體不斷向後，筆直朝著圍牆去。

郭輕羽再次揮劍想追，只不過道塵出現在那女人的身後，揮起手中的拂塵，平靜的說：「想要借勢而逃？老道在這兒，妳逃不掉的。」

萬千拂塵迷人眼，女人的眼前只有無盡的塵絲，再也看不到任何的外景。

「道塵，你是出雲觀最天才的人，曾經也與我們魔情谷聯手過，為何就成了朝廷的鷹犬？」女人厲喝道。

道塵微微一笑，塵絲收緊，同時回答：「陛下是天下明主，大唐國力鼎盛，如此大國，自當效力。

從前的事情已經過去了，周國亡了，我再無恨意，而且我們出雲觀已經搬回了舊址，六扇門重新換了地方。

對於老道來說，天下安寧，百姓幸福，那就是福氣，妳是魔情谷真正的核心，五位供奉之一，負責炮製的。

殺了你們五人，魔情谷就再也無法為禍了，那些女子可憐，被你們炮製成了那種失去了所有意識的女人，只為慾望而活，當殺。」

塵絲將女人裹得嚴嚴實實，道塵收回拂塵，封了她的穴道，讓她失去了行動。

雲水落和雲水泫看到這一幕，目生複雜。

柴宗咬了咬牙說：「林楚，我要向你挑戰！敢不敢接我一劍？大涼敗了，被你征服，但我不服！大涼已經立國百年了，毀在皇兄這一代，這都是因為你！你讓我們亡國了，雖然我不是你的對手，但也不會屈伏！」

說完他出劍，氣息磅礴，直接斬向林楚。

羽輕鴻邁了出來，卻是被林楚直接拉住手，搖頭，接著他一步邁出去，拔劍。

劍名凜冬，歸元堂當年的贈劍，風占羅打造出來的。

一劍斬出，拍在柴宗的胸前，他的衣服炸裂，內勁入體，在他的體內橫衝直撞。

就這麼一劍，柴宗就失去了所有的能力，倒也倒不下，林楚的內勁控制著他，只能站而不能倒。

林楚走到他的面前，伸手一點，將他變成了龍使。

一側的雲水泫目光縮了縮，柴宗也是真正的至尊，雖然實力不強，但也算是當世頂尖的高手之一了，卻是扛不過林楚的一劍。

而且這一劍並不花哨，也沒有什麼技巧，就是簡簡單單的，一劍拍出來就贏了。

柴宗恢復行動，林楚沒再看他，他留下柴宗，只是為了對付柴方遠，讓他再行潛回去，所以眼前的這些人沒必要活了。

當年投靠五方山莊的人，都是天下大盜、被四國容不下的江湖人，身上背負著諸多惡事，殺了也就殺了。

陳涉拔刀，帶人衝了上來，郭輕羽、雲水落等人也開始行動了，片刻之後，只有那名大漢，還有魔情谷的兩名女子還在苦苦支撐。

那兩名女子也是至尊境，林楚心中大感意外，魔情谷有這麼多的至尊，真是夠強。

這麼說起來，嬴妃和江妃也應該是至尊了。

陳涉正在和那名大漢交手，兩人倒是旗鼓相當，只不過陳涉天生神力，所以漸漸還是占了上風。

「你是混元宗弟子？」陳涉驀然詢問。

林楚一愣，扭頭看去，目光落在大漢的身上。

大漢喝道：「沒錯，我是混元宗元養，當年差點被餓死，是王爺救了我，我就要為他效力。」

元養雖然有至尊級的戰力，但境界卻只是九品大宗師後期，不過就算是沒有邁入至尊，但混元勁很特殊，九品就相當於是至尊了。

「元養，元浩這次也跟著朕來了，朱止、朱方和朱宇也在為朕做事，你還想反抗嗎？」林楚聲音清越的問。

元養愣了一下，接著退了一步，眼圈紅紅的，扭頭看著林楚說：「師伯、師父都來了？還有我堂弟也在？我想他們啊！」

「行了，過來吧，朕帶你去見他們。」林楚揮了揮手。

元養搖頭，大吼：「不，我信不過你，你必須讓他們出現，否則我不和你走！」

「那你就跟著朕離開吧，沒有人限制你的自由。」林楚搖了搖頭，也沒在意。

元養這才點頭，老老實實站在一側，不再動手了。

對於元養如何落到快要餓死的地步，林楚並沒有關心。

這世間的悲歡離合並不相通，回頭自有朱止教訓他。

劍鳴聲傳來，接著魔情谷的兩名女子被擊飛，一人的左肩中了一劍，裙子破碎，一道劍痕自肩頭出現，另一人的頭顱飛起，直接被斬了。

殺人的是羽輕鴻，從前的她殺意的確是很強，但這些年韜光養晦，不再那麼激進了，只是這個女人剛才在她的面前辱罵林楚，她就忍不住了。

另一人是被郭輕羽所傷，林楚走了過去，伸手一點，破入了她的眉心處，魔心訣運轉，將她轉為龍使。

只不過下一刻，他皺了皺眉頭，女人直接死了。

在她的意識之中竟然有著一道禁制，剛才林楚一時大意，沒有在意，這才被這道禁制奪去了女人的生命。

魔情谷的手段真是厲害，他扭頭看向最後一名女人，走了過去。

這一次，他的氣息浮動，鎖定了禁制，將女人轉化為了龍使，同時真陽之氣有如瀑布一般湧入她的體內，直接將禁制給沖散了。

真陽無敵，任何的禁制都抵擋不住。

女人跪到了地上，磕頭說：「奴兒任芳華見過陛下。」

「起來吧，說一說魔情谷的情況。」林楚擺了擺手。

陳涉從一側抱了一個沉重的石凳過來，林楚坐下，同時讓陳涉和道塵去搜索一番，看看還有沒有漏網之魚。

任芳華起身，她的身段倒是相當苗條，起伏卻也不小，個頭也高，十指如蔥，格外引人注意。

起身後，她就站在林楚的面前，老老實實把魔情谷的情況說了說。

魔情谷目前的情況的確是不妙，這都是林楚帶來的影響。

只不過魔情谷共有兩位谷主，一位是嬴氏，一位是江氏，再往下是五大供奉。

供奉是魔情谷真正的核心，魔情谷所有的技能都是由她們傳承下去的，包括炮製、才藝、武道、茶藝等等。

每位供奉負責的事務不同，但只要五人不死，魔情谷就不會滅。

被殺的兩人，一人是負責武道傳承的，另一人則是負責控制人的，禁制就是由她來種下的。

這兩人的武功是極高的，所以郭輕羽和羽輕鴻才花了不少時間才能擊敗兩人。

任芳華則是負責茶藝和才藝的，還有兩人，一人是負責炮製的，教會女人各種伺候男人的技巧，還有一人則是以幻術來摧毀他人意識的。

很多人哪怕意志再堅定，但在這人的面前也不得不低頭，她會用各種手段，讓人乖乖聽話。

這兩人在五大供奉之中是最頂尖的，體內沒有禁制，武功也很強，而任芳華在五大供奉之中排在最末。

目前剩下的兩人，一人在西涼，另一人則是在北齊宮中。

林楚的心中一動，接著問：「這麼說起來，那個人應該是跟著嬴氏離開了長安？」

「陛下，據奴兒所知，這個人應該還在宮中，她擅長幻術，很有欺騙手段，又在宮中控制了不少的妃子，所以要潛伏下來並不難。」任芳華說。

林楚一愣，接著想了想說：「妳認識她？」

「認識，不過平時我們都是蒙著面的，誰也不知道真面目，所以彼此之間就只是記住了對方的氣息。

魔情谷的內勁有些特殊，我們五人的內勁運行之法也有些不同，她的內勁不是自經脈至丹田，而是經過身體最敏感的地方，便於運用幻術與媚術。」任芳華回答，同時伸手在身上比劃著。

林楚點頭，心中有些想法，轉世明輪擅於感應，可以借助明輪符文感應到每個人的一些情況，包括心中的一些想法、內勁運轉情況等等，回去他就讓人把所有人都召集過來，感應一番。

隨後，他說：「妳還是回去吧，我會為妳提升一些實力，以後就跟在嬴氏的身邊，等到合適的時機出手制伏她。

不過妳一個人恐怕不行，我會派人跟著妳，假扮妳的貼身婢女，這樣也好有個照應，妳先去換一身衣服，然後跟我走。」

「陛下，這裡有地宮，其中有不少寶物。」任芳華突然說。

林楚一愣，接著讓她帶路，帶著親兵去找東西。

這兒的地宮裡果然藏了不少的東西，金銀都是一箱箱的，量還不少，還有一些絲綢和布匹，甚至還有珠寶。

據任芳華所說，這裡是魔情谷的一個據點，這次唐軍入城，宮中許多來不及轉移的東西都放到了這裡。

林楚很開心，這倒是便宜了他，這些財富足以支撐他再發行一批紙鈔了。

離開時，他讓人一把火將莊子燒了，這樣就不會留下隱患了。

回程時，任芳華換了一身普通的衣服，臉上的面紗也摘了，穿著一身宮女的衣服，與林楚同車而行。

她的模樣生得當真是美豔，魔情谷選中的女人，無一不是芳華絕世的類型，而且還天生媚骨。

入了宮之後，元養也挺老實，不過朱止、朱方和朱宇都不在，跟著蘇明雪還在前線打仗，元浩也沒來，於是他就讓如意傳信，將朱宇找回來。

沒錯，就是朱宇，元養竟然是朱宇的徒弟，而且還是唯一的弟子。

林楚的寢宮中，他坐在地板上，任芳華和雲水泫坐在他的面前。

這一次是雲水泫主動要求假扮任芳華的婢女，跟著她北上。

她是落霞宗的人，認識她的人並不算多，所以林楚也同意了，準備為兩人提升實力。

真陽之母擺在林楚的膝蓋上，他伸手一按，光芒浮動，一縷縷的真陽之氣湧入了兩人的體內。

任芳華的氣息不由得自主運轉，她原本是至尊一重境，此時氣息浮動著，漸漸攀升。

半個時辰之後，任芳華醒了過來，整張臉都在放著光芒，已經是至尊三重境了。

她其實已經三十二歲了，但臉有瓷光，白得晃眼，甚至還格外細膩。

雲水泫倒是還沒有醒來，依舊處在頓悟之中，這讓林楚很是意外。

要知道這種頓悟的狀態之下，堅持得越久，那就說明潛力越大，在至尊之路上就會走得更遠一些。

雲水泫才二十七歲，但已經是九品大宗師的巔峰了，雲水落一直說她是真正的天才，整個落霞宗最天才的弟子。

這些年她不是不能邁入至尊境，而是一直在打磨，想要積累得更加深厚一些，將來破境時就會走得更遠。

這樣的經驗也是落霞宗歷朝歷代祖師留下來的，所以她才一直堅持，這一次盡數體現出驚人的悟性。

任芳華先一步離開了，不過還是在寢宮之中，主要是為了熟悉一下境界，以及演練武學。

一個時辰、兩個時辰……真陽之氣盡數被雲水泫吸收，林楚越發覺得驚奇了。

如果不是真陽之母，他的手裡也不可能有這麼多的真陽之氣，除非是真正的雙修了。

三個時辰之後，雲水泫才停止吸收真陽之氣，但整個人的氣息浮動著，已然是至尊了。

林楚沒等她醒來，就起身走了出去，吩咐了黃山一聲，讓他將後宮中所有的人都叫出來，站到殿前的廣場上。

郭輕羽、羽輕鴻、費妙慧、唐悠悠和道塵都陪在他的身邊，陳涉也帶著人站在廣場四周，保持警戒。

所有人都站在此處，林楚的目光掃了幾眼，前面站著的都是身份最尊貴的女人。

柴遠方的貴妃有兩人在這兒，年紀竟然也不大，其中一人生得當真是美豔，一眼看去就能讓人動了某些心思，只不過林楚並無興趣。

一側還有冷宮中的幾名女人，只不過林楚大度，將她們都從冷宮中放了出來。

有一人只有二十多歲，清秀非凡，極為出色，他也不明白這樣的女人怎麼就進了冷宮，而且還是穿著一身宮女的衣服。

他眉心處的明輪散著微微的光芒，感應著每一個人的情況，同時他揚聲說：「叫妳們過來，是想和妳們說，從前的事情，朕不追究，妳們不願出宮，想必是因為出宮沒有依靠。

那麼這裡就會成為妳們的依靠，妳們大可以放心，這裡會永遠養著妳們，不會缺了妳們的衣食往行，每個月的俸祿也都會有，不過我會做出一些調整，現在大唐推行的是紙錢，你們都會得到紙錢。

如果有什麼困難，那就和朕說，就算是朕離開了，妳們也可以找其他人，甚至還可以找六扇門、刑部等等。

這裡雖不是國都，但也設有六扇門、刑部，大理寺也是有的，妳們大可以放心，朕一定會好好處理。

還有宦官，你們從前或許欺負過人，朕可以不追究，但往後要是還敢這樣，朕就容不得你們了！」

「多謝陛下！」所有人同時跪下謝恩。

林楚的目光落在一名貴妃的身上，就是最漂亮美豔的那一個，他伸手一點。

那名貴妃抬起頭來，目光中浮起一抹慌張，身影驀然消失在眼前。

沒有人能發覺她的消失，等到她出現時，已經進了一側的樹林之中，但林楚卻是攔在了她的身前。

她的臉色再一變，又要消失時，林楚眉心處的明輪驀然放大，鎮壓了四周，一縷縷氣息浮動著，化為了無數道絲線纏繞到了她的身上，讓她一動也不能動了。

她扭了扭腰，一臉悽楚，整個人似乎成了天地之間唯一的顏色，明豔至極。

她不但扭著腰，身上每一處都在動著，而且還是不同的動作，比如說腰在打圈，手在挽花，甚至腿也晃著，腳若隱若現，指尖都在畫圈，這麼多的動作同時出現在一個人的身上，總有些不可思議。

「陛下，奴兒是魔情谷的人，雖然奴兒不是柴方遠的妃子，只是掛名的，但從名份上來說也是成立的。

奴兒元陰未失，這也是我們五大供奉的特質，不能失身，所以奴兒以後願意伺候陛下，還請陛下憐惜。」

女人的聲音也很好聽，總有幾分動人心的媚意。

這就是媚術，甚至她還能動用一部分的幻術。

說是幻術，其實也是媚術的一種，不得不說，她很漂亮，只不過林楚不為所動。

轉世明輪直接壓到了她的身上，內勁湧動，有如洪流一般闖入了她的體內，將她所有的力量直接瓦解，接著他伸手一按，將她轉化為了龍使。

她的體內沒有禁制，控制起來更加容易一些，她的名字叫段紫瑩，魔情谷五大供奉中的媚魔使。

五大供奉都是有名號的，像是任芳華就是藝魔使，還有武魔使，已經死了。

還有最後一位是情魔使，人在北齊皇宮之中。

她的境界也是至尊三重，林楚打聽了一下，這些年她控制了二十五位宮中的女子，其中有公主，還有皇妃。

有一些性格剛烈的就被弄死了，手段可以說是相當狠辣。

目前二十五人都在宮中，林楚讓她說出了名字，這些人就像是傀儡一般，只聽從指令行事，沒有指令就和正常人一樣，而目前的指令就是「一切都要聽話」。

林楚點著頭說：「行了，妳離開宮中吧，繼續回嬴氏的身邊，任芳華會助妳一臂之力，在合適的時候拿下嬴氏。」

「陛下放心，奴兒一定好好為陛下做事，嬴氏逃走的時候，可以說是相當倉皇。」

段紫瑩應了一聲，一臉認真，只不過她的動作和說話總是有媚意在流動著，很撩人。

林楚看了她一眼，輕斥一聲：「端莊！以後記著要端莊，怎麼，還想讓人往身上撲不成？」

「奴兒不敢？」段紫瑩連忙低頭，一身冷汗。

別看林楚只是看了她一眼，但威壓太盛了，甚至她的心中生出一種窒息般的感覺。

其實依照林楚的意思，應該要殺了她，但魔情谷還有不少的秘密，都掌握在她的手裡，她知道得太多了。

甚至魔情谷還有多少人，她也都清楚，包括在北齊和西涼的布置，還需要她去處理，所以她不能死。

段紫瑩起身離開，身影消失不見，其實是去了林楚的寢宮，他還要為她提升實力。

回到殿前廣場時，人都還在，林楚揮手，讓人都散了。

林楚看向身邊的黃山，問問那名冷宮中的女子相關問題。

黃山很直接，過去將人留了下來。

那名女子有些忐忑不安的站在那兒，四周許多人的目光卻是變了，不管是太監，還是宮女或者妃子們，目生羨慕，甚至還有幾分的懼意。

「南風見過陛下。」女子跪下磕頭。

林楚說：「起來吧，妳是什麼人？只是一名宮女？為何會在冷宮之中？」

「回陛下，奴家是前一任皇帝時入了冷宮，奴家出身於西涼大族南家，曾經被選為了秀女。

本來是要嫁給成帝的，但入宮後，輪到奴家伺候成帝時，轎子還沒有抬進成帝寢宮，成帝就亡了，所以他們將所有的責任都安到了奴家的身上，說奴家是剋星，不但被打入冷宮，同時貶為宮女，所以這些年奴家就一直在冷宮之中生活。」南風回答。

林楚一愣，本來只是隨意問問，沒想到還問出了這樣的事情。

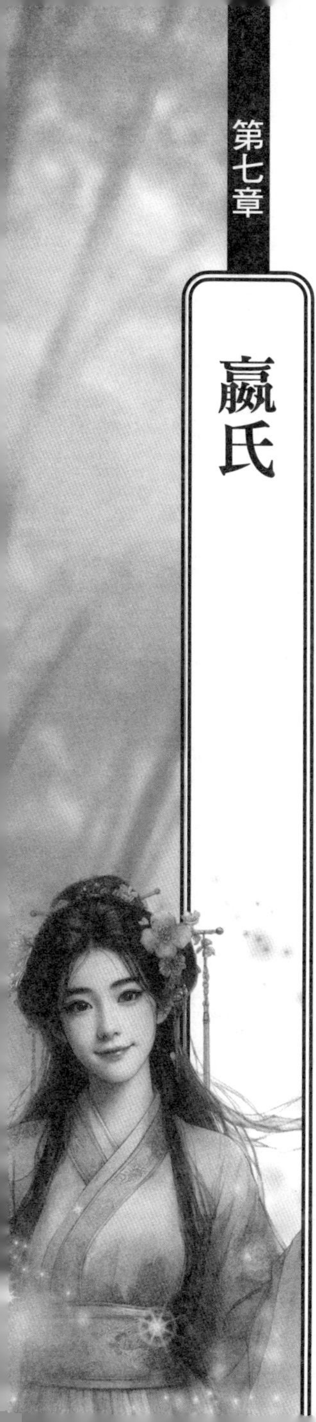

第七章 嬴氏

南家在西涼的確是大族，出過不少的官吏，甚至還出過三任丞相，還有六位尚書，是真正的望族。

從某種意義上來說，南家的人其實並不需要入宮當妃子，畢竟聖眷太隆也不是好事，以南家的眼光，不會不知道這一點，所以南家從未有女子入過宮。

這個南風入宮，那麼就一定是成帝逼迫的了。

成帝是涼成帝柴宗川，柴遠方的前一任皇帝，謚號成帝，死了有好幾年了，這麼說起來，南風在十幾歲就入宮了。

「柴宗川為什麼會選妳為妃？」林楚接著問。

南風回答：「奴家當年被稱為西涼第一美女，有一些才華，在民間名聲很大，所以柴宗川就強行要奴家入宮。

其實南家反抗過，父親那個時候還是禮部尚書，也曾拒絕過，只不過柴宗川沒有同意，在這種情況下，奴家就只能入宮了。」

「南家現在如何了？」林楚點頭，又問。

南風想了想後，說：「柴方遠上位之後，南家不受重用，只不過南家出大儒，所以他又不得不用，但只能擔任各地的一些小吏。

南家還有兩百多人，大多數人都入仕了，口碑也不錯，所以在百姓之中很受歡迎，奴家的父親就是南離明。」

「大儒南離明？」林楚一愣。

南風點頭，林楚吐了口氣，南離明的確曾經當過禮部尚書，只不過後來辭官了，成了一代大儒。

想了想，他點頭說：「好了，妳搬到離朕近一些的寢宮吧，回去妳寫一封信，朕想見見妳的父親，大唐缺少一位大學士，還有這長安太守應該交給南家的人。」

「多謝陛下，奴家感記在心！」南風再次行禮。

林楚擺了擺手，起身回到寢宮，雲水泫還沒有醒過來，倒是段紫瑩坐在一邊，側臥著，腰兒與身後的團兒扭著，形成了無比誇張的視覺衝擊力。

見到他進來，她連忙起身。「見過陛下。」

「行了，我為妳提升實力。」林楚說，又扭頭看了一側的雲水泫一眼，心中讚嘆，這的確是真正的妖孽。

真陽之母再次散出光芒，真陽之氣湧入了段紫瑩的體內。

也就是一個時辰，段紫瑩邁入了至尊四重境。

她一臉喜意，感受了一番體內的力量，欣喜的說：「陛下真是厲害，這麼多的真陽之氣，這下子奴兒就厲害了，至尊四重境，嬴氏和江氏也不是奴兒的對手了，除非她們動用魔情谷的底牌！陛下，奴兒這就回去！」

「任芳華，妳和她一起去，儘早將事情解決了。」林楚說。

有兩人聯手，雲水泫不去也問題不大。

雲水泫一直坐到了第二天，林楚醒來時，她還在感悟中。

這一夜，他將寢宮讓出來了，就和費妙慧一行住在一起，自然是胡天胡地的。

南風搬到了新的寢宮，也換了一身衣服，不再是宮女的裝扮，林楚給了她相應的尊重。

她的寢宮中人也多了起來，不少人都過來討好她。

林楚在書房中見到了南離明，書房就是先前柴方遠的御書房，挺大的，缺點就是要席地而坐，這一點林楚雖說已經有所適應，但平時多數時間還是想要桌椅。

南離明四十多歲，鬢角染霜，整個人很是清瘦，但眉很長，整個人的狀態極好。

「見過陛下！」南離明跪下行禮。

林楚讓人扶起他，坐到桌子之後，這才開口：「朕的朝堂之中需要一位大學士，目前內閣還缺人，朕希望你能來，還有長安城的太守，也由你來推薦一位南家的人。

對於朕來說，南家是值得信任的，這天下是需要賢明的人來治理。」

「多謝陛下對南家的信任，只是南家雖有清名，卻也未必能如陛下所願，臣想問陛下一句，統一天下之後，還會有戰爭嗎？」南離明詢問，挺著腰杆，目光有些深邃。

林楚想了想，這才回答：「朕也一直在想這個問題，只不過有一點是可以肯定的，匈奴一定是要納入大唐版圖之中的。

至於是否還要西進，朕覺得，不會是在統一之後，統一之後最應該做的事情是安民，推行農業，讓所有的百姓得到實惠。

天下都統一了，如果北齊和西涼的百姓還是過得和從前一樣苦，那麼統一的意義何在？所以朕會用兩到三年的時間，讓所有的百姓都吃得上飯。

我們的強盛，不僅僅是國力的強盛，還要有百姓的富足，能夠在大唐的輝煌之下感受到些許的溫暖。

兩年，或者是三年之後，朕應該會遠征，至少要將陸地相連處統一了，包括南下，南部的大片島國也應該歸於大唐疆土之中。」

「陛下仁慈，且又有遠見，這是天下之福，臣覺得，當國家富足之後，如果不對外戰爭，或許會引來內部的不穩。」南離明說，這林楚倒是愣了一下。

這個想法，與前一世的商業理念有一些相似，雖說很粗糙，但他的遠見當真是非凡。

深吸了一口氣，林楚點頭。

「內部發展到極致之後，要想再得到更多，那的確是不容易，只不過我們有很長的時間去解決。

溫飽的問題想要解決需要很久的時間，還有要穿得暖、人人有新衣，等到了那一步再說吧，朕也不可能滿足百姓所有的願望，只能說盡可能對這天下好一些。」

「陛下，臣願入金陵！」南離明行了一個大禮。

林楚鬆了口氣，叮囑說：「那麼就有勞大學士了，朕給你幾日時間，你帶著家小一起去金陵吧……對了，南風若是想出宮，你一併帶去吧。」

「陛下，臣舉薦長子南歸燕任長安太守，至於小女南風，不如就跟在陛下身側吧，她在信中表達了對陛下的仰慕之意。」南離明回答。

林楚點頭。「朕知道了。」

這樣的大儒投奔他，總歸好事，天下間不僅僅需要百姓的支援，也離不開士族地支持，像是南離明這樣的人就很重要。

長安的事就這樣結束了，南歸燕成了長安太守，開始上任，南離明手持林楚的任命書前往金陵。

林楚暫時還沒打算回去，他要等到北齊之戰有結果，以及西涼最後的戰爭結束。

算一算，時間也差不多了，戰爭已經持續了很久了。

開平五年末，大雪紛飛。

夜色之下，赤血發動了兵變，殺了忠於北齊的將領四十六人，斬士兵三千七百人，同時他兵指新山城，一路攻城掠地，戰爭直接打響。

衛秋夷、蘇烈分兵兩路，一路向北。

等到開平六年的四月時，北齊已經失去了一半的土地，天下震動。

同樣是開平六年的四月，西涼只剩下最後一郡了。

豐野城，柴方遠站在簡易行宮的哨塔之上，看著遠處煙塵滾滾。

春天的風有些大，捲起無數的塵沙。

他又扭頭看向南方，綠意盎然，這一刻他驀然淚流滿面。

「陛下，這是怎麼了？」一名黃衫女子站在他的身邊，一臉不解。

女子生得美豔至極，只不過鳳眸很長，帶著幾分的威嚴，身形高挑，團兒當真是妙。

柴方遠看了她一眼，任由眼淚滑下，回答：「回首望長安，卻已是故都！穎兒，朕倦了，想要降了。」

「降？」嬴穎揚眉，眸子裡仿若有劍光，她笑了笑，勾著嘴角，一臉不屑的說：「降了之後呢？陛下只想活下去的話，那麼降了就是最好的出路，只是妾身不是這麼認為的，妾身覺得大涼還有機會。

我們可以退到匈奴去，妾身在那裡也有一支兵馬，我們先蓄勢，然後再反攻，林楚雖強，但也不是沒有漏洞。」

柴方遠一愣，又看了她一眼，目閃精光，沉默片刻後說：「朕決定的事情，不會更改，寧可降了也不會去異族。

這天下注定是要統一的，穎兒，沒想到妳這麼有野心，那妳走吧，天下之大，想去哪裡就去哪裡，朕就不攔妳了。」

「陛下，這可由不得你了，妾身已經安排好了，媚魔使、藝魔使，上來吧。」

嬴穎勾了勾嘴角，段紫瑩和任芳華走了上來，身形飄逸。

柴方遠卻是很平靜，到底是梟雄，面對這樣的困境也沒有半點在意。

他搖頭。「妳帶不走朕，妳以為大涼就真沒有人了嗎？」

「陛下，那妾身就等著了。」嬴穎毫不在意的說。

段紫瑩和任芳華同時動手，手中的劍斬出，只是卻是在空中轉折，落向嬴穎的脖子。

嬴穎一愣，身體卻是做出了反應，側身、回擊，但任芳華的腳在欄杆處一勾，側擊。

她再躲，這時段紫瑩又斬了過來。

兩人配合得相當妙，嬴穎已經跟不上她們的動作了，就這樣十數回合之後，段紫瑩伸手點在了她的身上，封了她的穴道。

柴方遠一臉意外，看著兩人，想了想，問：「妳們是林楚的人？」

「你既然決定要降了，那麼就應該尊重些，陛下還是很寬厚的，不會要了你的性命，就像是南越王那樣。」段紫瑩沉聲說。

柴方遠一愣，接著點頭。

「我願降了，還請兩位幫著傳遞消息給大唐陛下，日後我願聽從陛下一切吩咐。」

兩人點頭，下了哨塔，段紫瑩的手裡一直拎著嬴穎。

嬴穎笑了起來，聲音有些說不出來的淒厲：「妳們竟敢背叛我！林楚到底用了什麼手段？天下間還有能解開禁制的人？背叛了我有什麼好處？魔情谷的總部是在西域梵國，那裡有許多的高手，他們會來報仇的！」

「聒噪！」任芳華喝斥，接著點了她的啞穴，哼了一聲。「梵國又如何？陛下將來一定會打過去的，這世間無人能阻擋他的腳步。」

柴方遠降了，代表西涼的沒落，這一次無人反抗，包括將士們也盡數投降。在蘇明雪的威壓之下，無人再起反抗之心，所以大唐平和的接受了西涼所有的土地。

此時的北齊已經失去了一大半的土地，與西涼連在一起的大片地方盡數歸於大唐。

瑤池宗也成了大唐的地界，郭輕羽很開心。

此時的林楚已經來到了興丁城，雲水泫陪在他的身邊，身上的氣息浩瀚，已經是至尊四重境了。

嬴穎很快就被抓來了，不僅是她，魔情谷在整個西涼的所有人都被拿下了，凡是反抗的都殺了，活下來的也沒幾個人了，財寶之類的也一併運送過來了。

見到林楚的時候，嬴穎依舊美豔，就算是十餘日沒有洗澡，身上還是很香，甚至她的臉還是光嫩的，站在他的面前，她的目光中有些複雜。

「朕聽說妳來自於西域梵國？倒也符合妳們的處事方式，不過朕還沒想好怎麼處理妳，要嘛殺了，要嘛控制起來。

等到江氏也落入朕的手裡再說吧，一併處理妳們兩個人，所以這段時間妳就先隨朕回金陵吧。」林楚說，並沒有過於為難她。

對於魔情谷的人，他的確是起了殺意，但如果和梵國有關，倒也是可以利用起來。

嬴穎大笑，一臉瘋狂。「這天下無人可殺我，我的命只有我自己能取走！」

說完她的體內浮起點點微光，內勁湧動，明顯是要自絕。

林楚依舊平靜的看著她，沒有半點反應。

她自殺的話倒也好，省得他還要去想著如何處理她，這樣的人就沒有必要活。

無論如何，他的心中對於魔情谷並無好感，他們所行之事過於腐朽。

嬴穎愣了一下，大聲的說：「你不打算救我？」

「朕為什麼要救妳？」林楚攤了攤雙手說：「朕從來不覺得妳有多重要，對於朕來說，妳還不如這裡的百姓重要。

妳是有美貌，但朕的身邊有許多美貌的女子，並不缺；妳的武功不錯，但朕也看不上眼。所以妳要死就死吧。」

說完他繼續盯著她，嬴穎的氣機越來越弱，漸漸的，內勁散去，她的生機也一點點斷絕了。

自絕這種事，如果沒有外人阻止，那就只有死路一條了。

任芳華和段紫瑩也沒有阻止，眼神中閃過幾分的譏諷，這樣的嬴氏，她們從未見過，面對死亡時的那種恐懼，與常人無異。

直到她的氣息完全消失，林楚看了雲水泫一眼，她主動伸手拎起她說：「陛下，我將她焚了，什麼也不會留下來了。」

「去吧。」林楚點頭，接著扭頭看著段紫瑩和任芳華兩人說：「妳們立下了大功，本應賞賜妳們，但天下未定，朕還需要妳們去北齊，那裡還有江氏。」

兩人同時行禮，接著轉身離開，背影妖嬈，看起來相當出色。

開平六年六月，金陵，朝堂之上，林楚坐在高高的龍椅上，一身龍袍，下方站著許多的大臣，分列兩側，景王竟然也在。

馬榮走出來，站在大殿之中，行了一禮後說：「陛下，臣有本要奏。」

「愛卿可以暢所欲言。」林楚點頭，心情很平靜。

馬榮說：「陛下，天下就要統一，只剩下北齊在苟延殘喘，不足為慮，陛下的功績可以傳承千古。

只是陛下後宮之中的妃子數量不夠多，陛下應該選妃了，天下間各大世家景仰陛下，皆想將族中女子送入宮中。

而且陛下還要安撫以前南晉、西涼、北齊的各個世家，應該選一批妃子入宮，為皇家血脈開枝散葉。」

林楚一愣，沒想到這件事情會是由馬榮提出來的。

許多大臣都邁了出來，附合著馬榮的話，樓頂、寧振國等人倒是沒有反應，一臉平靜。

他心中頓時明白過來，這些人的想法並不奇怪，天下是需要平衡的。

要知道後宮妃子之中，大多數是沒有根基的。

聞潔雖然是劍心門的人，但江湖屬於草莽，在士族看來並無根基，真正有根基的就是樓思思、寧子初、肖青墨、錢遠黛、周麗華、韋飛燕、衛隱霧等等。

人。

趙瓔洛、趙令月也算是有根基，畢竟她們是前朝皇家女子，還有獨孤伽羅等

這些想法在林楚的心中浮起，他搖了搖頭說：「朕不選妃，目前後宮中的女子已經夠多了，朕在美色方面的名聲本就不好，就不去騷擾百姓了。

至於士族，朕也不會去挑選最美貌的女人，她們自有追求喜歡人的權利，所以此事以後就不要再提了，朕不會選妃。」

「陛下的功績不在堯舜之下，甚至還尤有過之，在美色方面略微放縱一些實屬正常，這不會影響到陛下是當今的聖人！」南離明邁了出來，大聲的說。

所有人同時行禮。「陛下英明！」

「北齊現在還有一半的土地沒有打下來，不過朕並不著急，戰爭可以慢慢打，現在首要之事就是要推廣農事，朕打算將天下農業分門別類，北部草原可以蓄牧，將肉類賣到中原，中原的糧食也可以賣到北部草原，這件事情就由南愛卿來負責了。

明年，朕打算讓蘇司令兵出草原，一定要拿下北部的所有土地，匈奴之事應該解決了，設城管理，日後那也是大唐的子民，這樣一來，天下就不會有戰爭了。

草原南下是因為缺少資源，無法過冬，但若是朕完成了資源整合，運送棉衣、糧食賣過去，再在那裡種藥草、馬鈴薯之類的，足夠他們吃得飽。

這樣一來就不必搶奪了，朕還想看看北部廣袤的土地，傳說中極北就是凍土，不適合生活，卻也有豐沛的魚類資源。」

「陛下心繫天下，心繫百姓，臣願鞠躬盡瘁，為陛下好好做事！」南離明一臉激動。

林楚應了一聲，又揮了揮手，黃山的聲音響起，退朝了。

來到後宮，林楚沒有坐車，而是慢慢走著。

夏日炎熱，蟬鳴陣陣，但卻是相當安謐，幾名女子坐在湖邊的亭子裡乘涼。

林楚也不去打擾，一路向前。

荷池旁，一名穿著綠裙的女子正在舞劍，劍影重重，她的身影如風一般，融入了景色之中，很美。

這是公孫秀，已經入宮了。

在一側還坐著一名女子正在扶琴，那是鄭白玉，她相當恬淡，整個人有些古韻。

林楚走了過去，將她抱入懷中，感受著她無比驚人的細膩皮膚，心中讚嘆。

這才是真正的玉美人了，不僅白還滑，無人可及。

「爺……」鄭白玉喚了一聲，有些羞怯，臉上一片酡紅。

林楚笑笑，手也不老實，看著公孫秀跳舞，懷中的鄭白玉有如麵條一般，再沒有半點氣力。

和風陣陣，許久之後，公孫秀的衣衫也不整，整個人趴在他的懷裡，筆直的長腿盤在他的腰間，眉宇間盡是癡迷。

「爺，我想要個孩子。」公孫秀輕聲的說。

鄭白玉躺在他的腿上，一動也不能動，此時也嘟囔了一聲：「我也想要，要給爺生個大胖小子。」

「會有的。」林楚點了點頭。

開平六年的七月，寧子初、陸夏螢、鄭白玉、公孫秀、王幽夢、錢遠黛、蘇秀寧同時有了身子。

寧子初和陸夏螢都是二胎了，陸夏螢特別高興，上次生了女兒之後，她失落了一段時間，得到了林楚的承諾才又開朗起來。

北齊，群山之中，趙英初站在一棵樹的樹冠中，一身白衣，手中持劍，整個人隨著樹枝起伏著，卻又穩如磐石。

他整個人都在散發著無盡的劍氣，四周的山石上都是劍氣留下來的孔洞。到了他這樣的境界，完全可以控制劍氣的散逸，此時此刻他卻是一時壓不下去。

只因一路動手，他的殺氣漸盛，壓都壓不下去了。

他的左肩處有著一處明顯的血痕，滲出來，衣服都發黑了，說明受傷的時間不短了。

在他的對面，一名高大的和尚站在一塊巨石上。

和尚的年紀有些大，長眉和鬍鬚都白了，但身形卻是相當強橫，身上的皮膚都是金色的，整個人如同是琉璃一般，折射著陽光，異常神偉。

只不過他也受了點傷，僧袍的左袖脫落，胳膊上有著一道劍痕，微微發白，使得金身有了一點破綻。

「趙英初，你與老僧交手一個多月了，你的力已經竭了，壓不住老僧了，老僧南下的路就算是通了。

聽說唐皇林楚是天下間最頂尖的天才，修行不過十載，就已經是最頂尖的至尊了，應該是邁入了至尊七重境。

老僧要去會會他，看看大悲寺的金剛琉璃身是不是天下至堅，若是老僧贏了，北齊就保下來了，天下就太平了。」

老和尚沉著聲音說，有如洪鐘大呂，在山林之間回盪著。

趙英初平靜的看了他一眼，毫無波瀾。

正要說話時，一側的空地上驀然出現了一道身影，聞潔負劍而立，手中無劍。

「天下太平？神智，這天下何曾太平過？四國之間戰爭不斷，江湖之中也是紛爭不止，百姓們過得很是清苦。

陛下登基之後，重農事，大唐境內的百姓都有衣穿、有飯吃，再無一人餓死，這才是真正的太平！

北齊就算是破滅了，那無非就是宇文氏的不幸，與百姓何干？百姓所求，從不是別的，只是不挨餓、不受凍，僅此而已！」

聞潔低喝著，繼續說：「大悲寺受到萬人供養，所以不缺吃、不缺穿，體會不到民間疾苦，這樣的和尚，與蛀蟲何異？」

說完，她出劍。

第八章

北齊降了

劍光有如來自天外，一道大瀑布垂落，直接掃向神智。

神智喝了一聲，身上浮起一道金鐘虛影，金光閃閃，高達十丈，直接撞上了劍氣瀑布，同時他出拳。

一拳擊出，金色的拳影就到了聞潔的身前。

「噹——」巨響傳來，山林之間有如捲起了一場風暴，朝著四面八方而去，不斷回盪。

許多的樹都被吹倒了，聞潔再出劍，一時之間整片山林之間只有劍光浮動著，天地間再無其它的顏色了。

山林之外，無數江湖人扭頭看向這片山林所在處，神情不一而足，有迷惘，有驚愕，有震動，還有心懼……

劍氣在虛空中回盪、震動，傳出去千里之遙，整個山林有如被大風捲過一般，狂風呼嘯著，劍氣帶來了刺痛感。

北唐門，一名高挑的女子坐在堂前，但臉上的表情卻是有些憐弱，楚楚動人。

此時她扭頭看向山林處，喃喃說著：「這是……劍氣！這麼烈的劍氣，相隔千里還能浮動著劍意，天下間還有這等高手？怕是要破碎虛空了吧？這到底是誰？」

「幫主，這是劍心門的劍氣，只是能達到這種程度的，怕是趙英初也不行，應該要達到劍心門前幫主任天行的程度了。」一名白眉老者回答，一臉驚奇。

女人是北唐門的唐芳，之前五方山莊曾經邀她一起對付林楚，但她拒絕了。同一時間，天下間感應到這縷劍氣的人太多了，落霞宗的雲水落也感應到了，一臉落寞，目生複雜。

此時的林楚坐在御書房之中，懷中坐著司玲玉，縮成一團，完全掩於衣服之下，妙處橫生之時，他扭頭看去。

「爺，怎麼了？」司玲玉問。

林楚搖了搖頭。「沒事，妳這體質當真是妙啊。」

聞潔又變強了，而且是強到了這樣的程度，比他預想得還要快一些，怕是不用多久就能觸碰到破碎虛空的路了。

山林間，劍光消失，聞潔依舊站在原處，只是臉色有些蒼白。

神智身上的僧袍毀了一大半，金身也破了一半，整個上半身的金光消失，只剩下蒼白的皮膚。

他的眉心處還有一點劍痕，滲著血絲，此時他吐了一口血出來，落到地上，血中散逸著無盡的劍氣，直接在地上炸出了一個大坑。

劍氣還在散逸，地面不斷向下沉，足見劍氣犀利。

神智雙手合什，念了一聲：「阿彌陀佛！聞施主的劍可謂當世第一，老僧不是對手，老僧敢問一聲，唐皇的實力與聞施主相比如何？」

「陛下的實力勝我三分，魔心訣通曉天下武學，他又身具劍心通明和劍心門的劍術，還有金剛琉璃身，天下間無人是他的對手。」聞潔平靜的說，目光落在神智的身上。「老和尚，還想南下嗎？」

「不南下了，老僧這一次就老老實實走回去，一路化緣，然後從事一些農事。不知天下事，的確不應妄自評判天下事，聞施主說得是，天下的百姓過得苦不苦，老僧並不知道，只是以自身來推測他們，那的確是失了偏頗。

老僧會好好看看大唐百姓和大齊百姓有何區別，生活不必富足，但一定要溫飽，這才是最好的天下。」

神智行了一禮，接著轉身就走，一邊走一邊接著說：「老僧告辭了，聞施主回去和唐皇說一聲，大悲寺不會再介入大唐與大齊之爭。

這天下事，與佛門無關，佛門當普渡眾生，當救治百姓，當心懷善念，當遏制戰爭，當為天下……」

聲音漸漸變低，只餘下無盡的佛語。

山林之中，方圓百米之內，形成了一個圓，所有的樹都消失了，而聞潔恰恰站在圓心處，此時她扭頭看向趙英初。

趙英初的目光落在她的臉上，微微一笑。

「潔兒，妳很好，進境如此之快，這樣的話，我就放心了。感悟斷劍，我已經悟出了關於破碎虛空的路，雖說只是皮毛，但卻很吸引人，以後我要閉關了，妳來接掌劍心門。」

「師父，我不想當掌門，我只想守在爺的身邊，為他做事，為他生孩子，我們劍心門人才濟濟，你選一位最可靠的吧。

不過日後我會盯著劍心門的，若是掌門行事不合理，我會出手，直接將掌門拿下，無論如何，這天下不能亂，江湖也不能亂。」聞潔說。

趙英初點了點頭。「我明白了，等我出關後，我會去金陵一行，見一見陛下，他是真正的智者。

天下是天下人的天下，這句話一直刻印在我的心裡，我很高興天下能有這樣的帝皇，對於江湖來說，這也是好事。

若是江湖有變，我還會出手，哪怕身死道消，也一定要維護大唐的正統……

我走了，潔兒，保重。」

「保重！」聞潔點頭。

趙英初的身影消失在原地，聞潔感應片刻，也消失了。

風捲山林，狂風大振，樹枝不斷搖曳著，山石滾落。

剛才被聞潔強行壓下來的勁氣總算是擴散起來，有如颶風一般肆虐。

北齊朝堂之上，宇文邕的面色越發蒼白了，但眉宇間依舊英氣，頗有英雄氣概。

朝臣分列兩側，宇文邕拍了拍龍椅的扶手說：「柴方遠降了，入了金陵，被封為西山王，此事你們怎麼看？」

「陛下，我們只有兩條路可以走了，要嘛降了，要嘛就離開新山城，前往北部，北部匈奴那邊，我們可以打下一片土地，這對於我們來說並不難，遊牧民族沒有從前那麼強大，我們融入其中，未來再找機會南下。

除此之外，別無他途。」元子楚行了一禮，建議著。

宇文邕沉默片刻，目光落在獨孤如願的身上說：「獨孤愛卿，你是怎麼想的？」

「陛下，臣認為不如就降了吧，這對陛下有利，對天下百姓也有利。」獨孤如願出列，行禮後平靜的說。

宇文邕不由得大笑，在大殿之中回盪著，只有一抹戾氣浮動，接著他喝斥：

「獨孤伽羅是林楚的妃子，你當然會這麼說！

宇文一族打理北齊上百年了，江山要是斷送在朕的手裡，朕如何去見列祖列宗？朕不願降，不想降！

從前朕信錯了赤血，讓大齊吃了大虧，現在哪位愛卿願意為朕出力，率軍南下，打敗衛秋夷、蘇烈……還有那個蘇明雪！」

說到最後，他已經咆哮了起來，雙目充血，有些癲狂。

大殿之中一片寂靜，無人應答。

宇文邕愣了一下，目光掃過，獨孤如願冷靜站著，和他的目光對上，並無畏懼。

「楊信，你也覺得朕該降了？」宇文邕問。

楊信沉默片刻，開口說：「陛下，若是逃到異族，那麼宇文氏一脈怕是要沒落了，再也難以回來。

唐皇為人寬厚，他又曾經與陛下相談甚歡，對於陛下來說，低個頭，住到金陵，也沒什麼不好。

以唐皇心性，將來必會征伐匈奴，真到了那一天，陛下又將如何面對他？他還會放過陛下嗎？

所以降了，其實也是一條出路，臣相信後宮的諸位娘娘們也會很高興，否則遠去匈奴，生活困苦，那樣的日子並不好過。」

「羽聽鶴，你是武將，可願為朕南征唐國？」宇文邕再次詢問。

羽聽鶴現在已經是領軍大將了，他行了一禮後說：「陛下，臣曾經與唐皇共處過，他是天下間最頂尖的大才子，為人寬厚，這些年他施仁政，利天下，陛下就算是降了，大齊的百姓也會過得很好，所以臣認為不如就降了吧。

我們不是不想打仗，不是不想為大齊浴血沙場，但一場場戰鬥打下來，我們死了太多的人，他們都是我們最英勇的戰士。

我們與大唐本就是同根相生的人，無非就是立場不同，衛秋夷、蘇烈、冉閔都是能征善戰之人。

臣不想死太多的人，天下也總是要統一的，這對於天下有利，對於百姓有利，所以陛下請三思。」

「對天下有利？」宇文邕喃喃著，接著又咆哮了起來：「可是對朕不利！對於宇文氏不利，這是朕的大齊啊！」

獨孤如願沉聲說：「陛下，請三思！現在降了，陛下還能封王，若是反抗到最後，怕是唐皇也會有想法啊。

臣的女兒雖然嫁入了大唐，成為了皇妃，但臣還是大齊的臣子，陛下就算是殺了臣，臣也是要說的，這天下必將統一，大齊已經無路可走了。」

「陛下請三思！」所有人同時行禮。

宇文邕看了看大殿中的所有人，一時之間心灰意冷。

羽聽鶴對著身後一人使了個眼色，那人退了出去。

片刻之後，後宮之中傳來長喝聲，接著交手的聲音傳來，宇文邕愣了一下，讓人去打聽。

半個時辰之後，一位太監回來，揚聲說：「陛下，江妃已經被拿下了，劍仙子親自過來了，進了後宮，帶走了江妃，好在其他人無事。」

「荒唐！一名江湖人竟然敢強闖朕的後宮，御林軍呢？拿下此人！」宇文邕喝道。

羽聽鶴一步邁出來，大聲回答：「陛下，劍仙子是唐皇的貴妃，不能動手！而且江妃一直在蠱惑陛下！

她是魔情谷的兩大谷主之一，行事素來乖張，她就理應被拿下，陛下，還是想一想降了吧，臣安排御林軍來處理後面的事情。」

宇文邕又呆住了，羽聽鶴這麼說，這就是在逼宮了，這讓他的心中充滿悲涼。

只不過走到這一步，他不得不去做了，滿朝文武皆同意降了，那麼他就算是不同意也無用。

甚至還有人會將他綁了送到金陵，那樣的話，恐怕他想封王都沒有機會了，退路都斷了。

宇文邕降了，開平六年的九月，林楚出現在新山城。

北齊皇宮最是雄偉，雖然奢華不如南晉，但大氣磅礡，地方也夠大，氣派至極。

宇文邕去了金陵，林楚卻打算遷都了，新山城的地理位置更好一些，可以直上北部匈奴。

天子守國門，未來要去極北之地，從這裡出發最合適不過。

而且他還設了三座皇宮，新山城、金陵城、梧州城都有一座，隨時可以變動。

後宮之中，林楚坐在御書房的地板上，新山城的秋有些涼，但對於林楚這樣的至尊來說，那都不是問題。

江妃盤坐在他的身前，聞潔就在她的身後坐著，司玲玉則是坐在林楚的身邊，盯著她。

江妃本名江落雲，生得國色天香，極為妖嬈，一身淺黃色的長裙，隱約有些慵懶之感，看起來年紀不大，二十來歲。

只不過以她的閱歷，不會只有二十多歲，只能說是保養得極好。

除了她之外，還有一個情魔使，已經被聞潔給殺了。

可以說在大唐境內，魔情谷已經真正覆滅了。

「江落雲，嬴氏已經死了，朕沒有動手，是她自絕了，本來朕可以救她，但沒有這麼做，妳若是想自絕，那就可以死了，朕依舊不會救妳。」林楚目光很冷。

江落雲搖頭，微笑著說：「陛下，奴家不想死，能好好活著自然是要好好活著的，這世間的風景太多，奴家還沒好好看看。

這些年來，奴家一直居於深宮之中，最多也就是去過幾次魔情谷，奴家也想去草原看看，也想看看江南，還想看看大海，想要活下去。」

「妳對朕還有用，所以朕可以留妳一命，等到去梵國時，妳來帶路，朕要滅了梵國的魔情谷。」林楚說。

江落雲一愣，眼神中閃爍著匪夷所思。

林楚直接伸指點在了她的眉心處，將她轉化為龍使。

至此，魔情谷完全消失了，而北齊也消失了，天下一統，四海歸一。

遷都一事就這麼定下來了，只不過皇宮還需要修繕，但林楚也不想花重金，就只是簡單修繕一下就好了。

同時他忙著屯糧，準備遠征匈奴。

雖然那裡的資源並不豐沛，但他並不想將這件事情留到未來，只要匈奴在，那始終是麻煩。

開平七年四月，林楚又多了七個孩子，這一次陸夏螢很高興，終於生了兒子，同時蘇明雪遠征匈奴。

同年十月，林楚遷都新山城，整個皇宮翻新之後，有了幾分江南的風采，多了幾分的精緻。

洛雲真、卓青衣、武媚、費妙慧、王幽夢、秋竹六女又同時懷了身子。

入住皇宮的當日，大雪。

林楚站在皇宮大殿的頂端，一身白袍，身上也披著一件白色的披風，整個人似乎融入了雪中。

他抬頭看著北方，匈奴地方人稀，其實並不值得打理，但國土就是國地。

此次出征，蘇明雪、衛隱霧、韋孝寬、韋哲、蘇烈、漠山、柳鳳池都出動了。

名將盡出，戰線拉得很長，以求盡收匈奴之地，將廣袤的草原納入大唐版圖之中。

此時的林楚已經近三十歲了，臉上有了幾分的成熟，但看起來依舊年輕。

他的心很活躍，也依舊年輕。

抬頭看了一眼天色，髮絲間一片白，落滿了雪。

一年又一年，這天下越來越好了，他總覺得要做的事情似乎差不多要做完了。

大唐北境，冬季格外長。

新山城以北，就是北茫郡了，林楚徒步而行，走在厚厚的積雪之上，身邊跟著的是聞潔、郭輕羽、羽輕鴻、東水流、唐悠悠，還有雲水泫。

陳涉帶著五十名親兵在後方跟著，到了林楚這樣的境界，哪怕遇到大軍圍堵，也很容易脫身。

更何況天下一統，匈奴人節節敗退，已經不可能再來進攻了。天地間只有雪，也沒有人的行蹤。

走了十餘里，前方有人在掃雪，邊掃邊走。

林楚愣了一下，走過去時，這才發現是一名老僧，整個人的氣息有一種飄渺感。

他相當平靜，林楚看著他，發現他的身上有汗，整個人還浮動著蒸汽，背後背著一個大大的包裹。

停下來時，他呼出一口氣，扭頭看向林楚一行，接著微微一笑，行禮說：「老僧見過陛下。」

「你認識朕？」林楚一愣，問。

老僧又行了一禮，回答：「老僧神智，大悲寺方丈。」

「大悲寺？」林楚的目光一縮，接著問：「你為何在此？」

神智笑笑，看了一側的聞潔一眼，繼續說：「兩年前，老僧敗在劍仙子的劍下，她說過老僧不明世事，不知人間疾苦。

這兩年來，老僧一直在天下遊歷，去過大唐……就是原來大唐的境內，去過原北齊，做過比較，這才發現，老僧的確是不知人間事。

北齊百姓明顯過得很不如意，這不是他們不努力，也不是他們不勤奮，而是施政者不夠仁慈。

老僧將自己當成普通的百姓，做了很多的事情，為百姓砍過柴、收過穀，體會人間的這些瑣事，倒也有趣。

現在看來，老僧也應該放下了，該回去了，這一次之後，老僧有了新的感悟，武道之路增得更順了。」

他的氣息緩緩變化，漸漸明顯，已是至尊五重境。

「大師果然是豁達之人，朕的手下還有兩位大悲寺的棄徒，朕想讓他們重歸大悲寺，大師覺得可好？」林楚詢問。

陳長路和石岩一直跟著他，為他做事，總是要安排好他們的未來。

神智微微一笑。「佛渡天下人，他們想回來就回來吧，老僧從前過於執著，這門戶之見應該是放下了。」

林楚點頭，正要說話時，前方傳來兵器交擊的聲音。

接著有人長喝著說：「宇文成都，何故在此？回去吧，陛下並沒有針對宇文氏，自然不會針對你的！」

「大丈夫生於天地之間，一身傲骨，豈能降了對手？」宇文成都喝道，聲音豪邁。

林楚微微一笑，向前走去，速度極快，轉眼消失在眼前。

神智看到這一幕，愣了一下，目光中有些難以置信。

聞潔看了他一眼，說：「現在知道了陛下的厲害？就連我也看不透他的境界，應該是至尊七重境了。」

「那豈不是要破碎虛空，飛升上界？」神智問。

聞潔搖搖頭。「不會的，陛下所求，從來都不是武道的極致，而是會陪著我們，他所求的，只是美人，就連江山也並不會太在意。」

林楚此時已經站在了一處山坳處，前方有兩人正在交手。

宇文成都和霸刀王三，兩人的實力相近，都是勇往無前的類型，打得相當生猛。

北齊降了之後，宇文氏都降了，林楚的確是沒有為難他們，畢竟宇文若是他的女人，甚至宇文若還去看過宇文邕。

就是因為這一點，宇文邕也放心了，安心當個富家翁。

至於王三，他一直都是林楚的人，但他只在江湖中做事，沒有回歸朝廷，這也是林楚的安排。

無論如何，江湖有江湖的規矩，也是需要人來打理的。

兩人的內勁湧動，捲起千堆雪，漫天都是雪沫，紛紛揚揚。

林楚看了片刻，身形一晃，伸手一按，所有的積雪回落，兩人被無形的勁氣分開。

宇文成都和王三的臉上同時浮起一抹駭然，同時扭頭看來。

看到林楚時，王三跪下行禮。「王三見過陛下。」

「起來吧，不用多禮。」林楚擺了擺手。

王三起身後，林楚這才看向宇文成都說：「朕善待宇文家，你卻沒有選擇朕，準備流落江湖，四海為家？」

「不是，我準備去匈奴。」宇文成都直接回答。

林楚笑著說：「匈奴也差不多要被滅了，朕目前已經北部建城，就叫鎮北城，日後這偌大的草原就歸於大唐了，你去了又有何用？」

「匈奴也沒了？」宇文成都愣了一下，一臉失落。

林楚揚了揚眉。「朕的目光所及，並非只有北部，還有西部，如果有一天，朕要攻打西域，進入梵國，還是需要猛將的。

你回來吧，朕給你一支軍隊，由你統領，暫任團長吧，歸於蘇烈麾下，日後為朕征戰，總有許多的仗要打，你可願意？」

「臣願意！」宇文成都跪在林楚的面前，磕頭行禮，一臉開心。

「起來吧，回新山城……或者是，你若是著急，就去草原直接找蘇烈吧。」

「陛下，臣願意去草原，這一身力氣無處發洩，去打匈奴！」宇文成都樂呵呵的說。

林楚伸手拍了拍他的胳膊。「那就一切小心。」

宇文成都轉身就走，也沒騎馬，徒步而行，但身為九品大宗師，他的速度不慢。

「陛下，那我也走了，還要回刀盟去，為陛下盯著江湖動向。」王三行了一禮，說。

林楚點頭。「去吧，江湖有江湖的規矩，北唐門那邊如何了？」

「沒有半點異常，唐芳知道陛下修行了神手九散後，一直想要見一見陛下，但卻沒有門路。」王三回答。

林楚想了想，這才點頭說：「朕會去見見她，這一次江湖行，就是想在江湖上走一走，治大國不僅要看著百姓、看著收成，還要看一看江湖，看一看從前朕看不到的地方，江湖也是不能亂的，所以走一走，處理一些問題，這天下才會真正的長治久安。」

「陛下，我不懂這些，但聽起來卻是很有道理，總覺得陛下就是最厲害的。」

王三笑了起來，一臉崇拜。

林楚擺了擺手，王三行禮，轉身離開，轉眼沒入了大雪之中。

第九章

再見道法

開平九年，鎮北城建好。

整個匈奴盡數落入了大唐版圖之中，王庭被攻破，所有人都降了。

林楚推行新政，草原養羊、養牛，還有馬，每年都會有朝廷收購。

他還專門修了路，修成了水泥路，一直通到鎮北城。

北境以北，林楚穿著一身白袍，踏在雪層之上，這裡是真正的凍土帶了，現在他已經來到了北極圈附近，到處是冰山，雪層極厚，北極熊時不時出沒。

陪在林楚身側的是聞潔、郭輕羽、雲水泫、司玲玉和東水流，以及陳涉和五十名親兵，還有四位至尊級的傀儡。

「爺，我們的船已經南下打下了整個南洋，目前所有的島嶼都歸於我們大唐了，還有西側，盤越等地也都落入了大唐版圖之中，下一步還要戰爭嗎？」郭輕羽輕聲問著。

林楚將她擁入懷中，她穿得並不多，還是一身白裙。

到了至尊境之後，無畏寒暑，穿與不穿都不會怕了冷熱。

指尖處依舊是盈盈細腰，林楚讚嘆了一聲：「這麼些年了，沒想到妳的腰還是這麼細。」

「爺，昨晚還摸了又摸，而且我們幾乎天天在一起，你一直摸的，現在說這些，真是的，就知道調戲人家。」

郭輕羽的臉色一紅，扭了扭身體，團兒蹭了蹭。

林楚笑了起來，伸手拍了拍團兒，這才說：「必須天天在一起，哪怕是來了紅事也要在一起，吹拉彈唱也很好。」

郭輕羽沒說話，再次晃了晃身子，臉色越發紅了，小手不老實了起來。

「說到戰爭，明年吧，我還是想征伐了梵國，一直向西，我打算用五年的時間，差不多就夠了。

現在家中的孩子都要長大了，五年之後可以分封了，而且最近有許多的東西都在改良，包括船、馬車等等，遠行的速度也會快一些。」林楚笑笑，親了她幾口，這才開口。

司玲玉也湊了過來，微微一笑。「爺，在這裡是不是就能看到你所說極光了？」

「差不多了，走吧。」林楚點了點頭。

兩頭北極熊從一側衝了過來，相當龐大，帶著風，做出捕獵的姿勢。

陳涉邁了過來，手中拎著斬馬刀，揮下，一刀將一頭熊拍飛，回手一刀斬了另一頭熊，偌大的熊頭直接斬落，血染白雪。

動作太快了，餘下來的幾頭熊看到這一幕，頓時轉身逃了。

陳涉咧著嘴笑笑，大聲的說：「陛下，今天吃烤熊肉，這熊的脂肪很厚實，吃起來一定很好吃的，又嫩又香。」

林楚沒說話，一行人繼續前行，陳涉處理了熊，背起來後才走。

前面果然出現了極光，一圈圈的光暈閃著。

所有人都呆住了，只是陳涉對這些事情無感，片刻後就烤起了熊。

一側傳來腳步聲，一名老道士走了過來，背著一個大大的包裹，看到林楚時愣了一下。

「林楚？」老道士問，一臉錯愕，接著興奮的說：「你怎麼也來了？是不是想我了，刻意來接我的？」

這是道法，依舊是一副老實巴交的樣子。

林楚愣了一下，在這裡能夠遇到他，的確是一件很不可思議的事情。

道法沒有容他說話，直接坐到了林楚的身邊，樂呵呵的說：「林楚，我和你說，我們的大陸真是圓的啊，而且這裡常年凍土，一年有好幾個月都沒有晚上，也會有好幾個月沒有白天，真是有趣。

後來我走到了另一側，去了那邊，游過那片大海之後，我找到了另一個國度，再後來就一直南下，看到了很多不一樣的風景，還有許多我從未見過的植物，什麼蘋果、茄子之類的，還有玉米、花生，我就是大致這麼叫的，總之我都帶回來了。

對了，當地人說的話我也聽不懂，學了很久才能溝通，這主要是因為我還算是聰明，要知道這世上的聰明人並不多。

我們兩個應該算是最厲害的，我可能比你稍微差一點，但也算是世界上第二聰明的人了，你是第一聰明。

我師兄太死板，練武還行，聰明是不夠的，但他勤奮……好了，扯遠了，你身邊的女人真多啊，個頂個漂亮……咦，這個我似乎認識，瑤池宗的郭輕羽是吧？名動天下的大美女，年輕時我也喜歡……這個我也認識，以前見過，司夫人，國公夫人啊，都跟你了？」

「見過道法前輩。」郭輕羽行了一禮。

司玲玉也微微行禮。「道法前輩，我現在是大唐皇妃，爺已經是大唐的皇帝了。」

「皇妃？什麼，林楚，你當了皇帝？還弄出一個大唐來？」道法愣了一下，一臉驚訝。

陳涉挑了挑眉，站起身來，握緊手中的刀，顯然是動怒了。

林楚對著他擺了擺手，示意他坐下，接著笑笑，點頭。

「是啊，我現在是皇帝，而且統一了四國，現在沒有東周、西涼、北齊和南晉了，只有大唐，百姓們現在過得也比從前更好，你回去之後就知道了。

對了，還要感謝你把這麼多珍貴的作物帶回來，現在好了，大唐的百姓有福了，可以吃到更多好吃的東西。」

「那你的確是比我要厲害，都當皇帝了，你做什麼都可以的，才華高，還會施政，通武學，還能當皇帝，了不起啊！而且我也覺得你一定做得比其他人好，什麼趙昌、宇文邕之流，不可能和天下第一聰明人相比。」

道法讚嘆了一聲，接著將大包裹放在一側說：「行了，既然你是皇帝，那就給你了，你來處理這些東西。

對了，我有點餓了，那頭熊好大啊，給我一條前腿吧，這熊之前我吃過，很肥、很嫩，吃一次能頂好幾天餓。」

陳涉給他切了一條前腿，遞到他的面前。

道法整個人看起來乾瘦，但吃起來倒是生猛，林楚丟了一壺酒給他，他順勢就喝了起來。

這一次之後，玉米和花生有了，蘋果之類也有了，這下大唐的發展就會更快了。

生物的多樣性，會帶來四季豐收，只靠一種作物是很難滿足飽腹感的。

陳涉遞了兩個熊掌給林楚，很大隻，烤得一片金黃。

林楚慢慢吃著，入口香噴噴的，那種感覺相當妙。

道法吃了飯，就地休息，也沒離開，準備和林楚一行一起回去。

這裡果然是極晝的，連續幾天沒有黑夜，幾女一開始還很興奮，但在幾天後就習以為常了。

回程時，道法不斷和林楚說著一些奇怪的語言。

林楚依照前一世的經驗，大致明白，北美的印第安人還在，而且現在還是主流。

鎮北城，這是北境第一雄城。

當初設計這座城池時，林楚讓人往大的方向去建城，這座城的位置，大約是在前一世貝加爾湖南側百里。

城中的路很寬，全是水泥路，房子都通了火道，林楚的皇室別院也建好了。

而且林楚還讓人在西邊也建了三座城池，總之要將整個北部連在一起。

只是再北部的位置就很難生存了，畢竟溫度太低了，所以林楚沒有在太北的地方設城。

這需要再等等，等到有了更多的供暖措施再說。

林楚在鎮北城待了七天，天天在看地圖。

當下的地圖已經更加詳細了，他讓人重新繪製的，加入了很多的地方，就連北極圈都圈進去了，西方各國也都畫出來了，一直到歐洲。

等他回到新山城，已經到了年底。

新山城的雪很大，屋子裡卻是暖暖的，浮動著女人香。

醒來時，他的身邊一片軟嫩，司玲玉、尤寶兒在身邊。

數年過去，尤寶兒的身子越發豐腴了些，但依舊漂亮，還是沒有皺紋，不得不說，鳳鳴訣不愧是天下第一養顏功法。

洛雲真現在已經修行到了巔峰，整個人無處不香。

唐悠悠趴在懷中，林楚緊了緊，手也不老實，放肆了片刻，看了一眼窗外。外面還在飄著雪，林楚不想起來。

腳步聲響起，雲水泫走了進來，手裡端著銅盆，裡面裝著的是溫水。

「陛下，該起來了，還要上朝呢；還有，今日昆侖牙行的東家慕容傑來了，想要求見陛下。」雲水泫輕聲說。

林楚這才起身，看著她為他用熱水擦試著身子，一遍又一遍，沒有任何的避諱，心中一暖。

他說：「妳說妳一個沒有嫁過人的姑娘，這麼一直伺候著我合適嗎？」

「合適啊，我就願意伺候陛下，別人伺候不好，而且我也不會嫁給別人，將來就是要伺候陛下的，丫鬟也好，什麼也好，你得要我的。」雲水泫回答，頭都沒抬。

只不過林楚卻看到，她的耳朵都紅了起來，這讓他勾起了笑，等到她擦拭完，想要更衣時，抱起她滾到了榻上。

「陛下，還要早朝……」雲水泫驚呼了一聲，聲音不高。

林楚直接親了幾口，打斷了她的話，接著說：「偶爾也要當一回昏君的，而且朝中的供暖很全面，大臣們坐在前殿之中也是很暖的，還有各種小食供應，所以他們才會這麼願意來上朝。

每人一碗米粥，配一個鹹蛋，再加一個紅薯，坐上一個上午也值得。」

雲水泫哼哼了幾聲，什麼也沒說。

雪還是不小，迷蒙了眼。

玻璃窗子之外，浮動著的雪花在風中捲動，新山城的確是比金陵冷多了。

過了許久許久，雲水泫的聲音如同百靈鳥一般，唐悠悠和司玲玉醒了過來，相視一笑，擠了過來。

等到林楚上朝時，差不多要九點了。

沒錯，他在大唐境內推行了新的時間，這樣更加精準一些，就連鐘都做出來了，不過還有些粗糙，但至少能用了。

郭輕羽為他更衣，擦了臉，他帶著一身女人香，坐到龍椅上。

大殿中也通著火道，所以到處暖暖的。

「陛下，南部發生了一場地震，災民不少，還需要去救災……東部去年有水患，現在是冬天，應該提前疏通河道……必要的時候，還可以分流。現在百姓們的熱情很高，都願意為大唐做事，這一切主要是因為陛下的名聲極好。」

南離明一一彙報著，林楚聽完，說：「地震過後，需要重建家園，不過朕覺得，地震頻繁的地方，不如就將人口遷徙出來吧。大唐西部與北部有大面積的耕地，可以將人派送過來，願意來開荒者，每人發二百斤糧，足夠保證所有人的生活，還可以發放一些肉食。總之，所有的生活必須品都會提供，回頭還可以建成一個個村子，這件事情提前做起來。」

「老臣這就去統計，大唐境內的耕地的確是不少，而且物資也夠豐沛，人的流動也會帶動一些改變，長久看對大唐有利！」

南離明行了一禮，衛秋夷也上朝了，他現在擔任了兵部尚書，主掌兵事。他邁出來，對著林楚行禮。

「陛下，年後要遠征西域，目前已經備好了八十萬兵馬，臣建議此次主帥不如交給冉閔將軍和韋哲將軍。

韋軍長年事已高，遠征西域，怕是水土不服，蘇司令目前無子，她也應該陪在陛下的身邊生下皇子了。」

林楚沉默片刻，這幾年韋哲表現很是搶眼，打了這麼多仗，只敗過一場。不過他並不驕傲，而且也無失落，在戰場的韌性極強，韋孝寬和衛秋夷都認為他的水準已經超越了韋孝寬。

林楚其實也樂於看到這種事情，畢竟大唐名將輩出，這總是好事。冉閔也不用說了，用兵如神，雖說不如蘇明雪，但蘇明雪是頂尖的至尊，頭腦清晰，無人可及。

「朕准了，以冉閔、韋哲、蘇烈為帥，分兵三路，一路橫掃，運糧就交給京引了，漠山、林萬、蒙碩、柳鳳池都隨軍出征吧。」

林楚點頭，所有人再次應了一聲，被點名的武將們個個喜滋滋的。

散朝之後，一行人經過前殿時，馬榮笑咪咪的說：「諸位，我得先喝上一碗豬骨湯，暖暖身子，然後再回家。」

「馬尚書，你這是饞了吧？」衛秋夷笑笑。

馬榮搖頭，一本正經的說：「這是陛下給我們的福利，我是文官，不通武功，比不得你們這些武將啊，外面這麼冷，不喝上一碗湯，手腳都會凍傷的……啊，今日還有來自北部的大魚啊，陛下說，這是大馬哈魚？」

「馬大人，還有我，我也是文官啊！」陳秋也擠了過來。

漠山大步而來，一臉彪悍的說：「雖然我是武人，但我也饞啊，宮中這骨湯太好喝了，而且骨頭上還都有大塊的肉，我要吃上一大碗。」

「漠師長，誰的家裡還會缺了肉？陛下的賞賜已經夠豐厚了。」

「那不一樣，家中的廚子做不出這麼好吃的東西，還是宮中的食物最好，這是陛下對我等臣子們的照顧，先吃上一碗再說。」

一群官員們都坐下了，一個個盯著一側的食物。

這是林楚推出來的新的用餐方式，類似於自助餐，不過是有人分配的，否則文臣絕對搶不過武官。

現在所有人都老老實實排隊，等在各個區域，有人盛湯，有人打飯，還有人點菜。

第十章

天下歸一

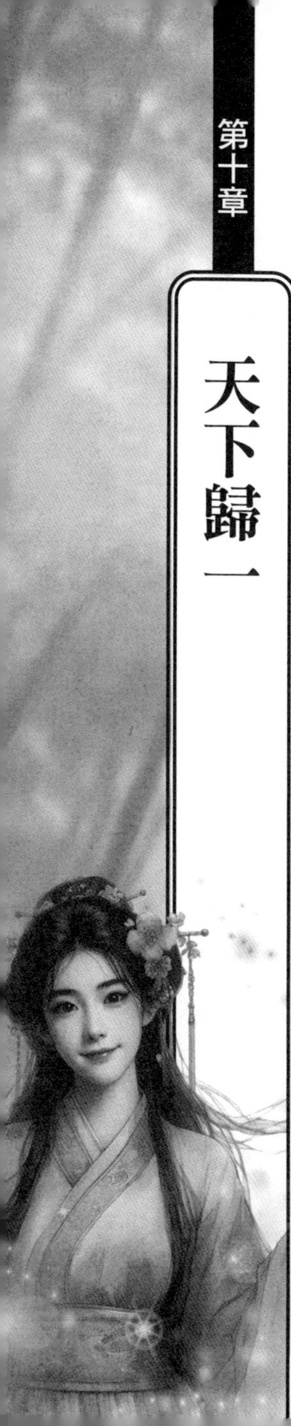

開平十年，林楚身邊所有的女人都生過了孩子，包括蘇明雪、司玲玉，兩人生的是兒子，而阿離、平兒與雲水泫生的是女兒，羅姬也生了個女兒……沒錯，就是那個羅姬。

後宮之中，整日裡熱熱鬧鬧的。

林楚覺得，古往今來的帝王之中，或許他不是女人最多的帝王，但孩子差不多可以算是最多的了。

從目前這個情況來看，他應該能生下至少兩百多個孩子。

西征的戰鬥很順利，那邊一個個小國很容易就掃平了，特別順利，遠超林楚的預期。

各式各樣的消息一個個傳來，蘇明雪和衛隱霧摩拳擦掌，只不過林楚不許她們前往，要好好照顧孩子。

打下南洋之後，那邊的糧食產量太高了，玉米、地瓜、馬鈴薯豐產，整個大唐可以隨意的調配糧食。

有的地方發生水患，有的地方地震，但因為疆域遼闊，總是不缺糧，也不缺人，救助起來就很方便。

各地的糧倉也都建起來了，林楚專門成立了監察部，一直在大唐境內巡查，一旦發現有人盜用糧倉的糧食，就會嚴懲。

林楚還動用了江湖人，暗中搜羅一些資料，彙整到暗影門那邊，再傳給他。而且他早就設立了監管部門，百姓直接告狀也有了去處，各地的官員們就不會明目張膽的去做一些惡事。

新山城，皇宮之中，林楚一身白袍，走在後宮之中。

鄭玉霜、鄭白玉、公孫秀坐在一間不大的廳堂中，隨意的坐在地板上。地板暖烘烘的，下面通著火道，又鋪了一層毯子，坐起來很是舒服。

三女都大著肚子，都是第二胎了。

鄭白玉和鄭玉霜坐在一側，模樣有九分相似，都是白生生的。

三人都本是纖瘦型的，腿很細，尤其是小腿，又細又直，腳也是相當秀氣，唯有精緻可以形容。

尤其是鄭白玉，配著她的白，有些晃眼，當真是如同白玉一般。

林楚走進來時，看到三人的樣子，笑了笑，坐到了鄭白玉的身邊，將她抱入懷中，伸手握住她的腳。

腳柔軟，泛著香，這是鳳鳴訣自帶的香，到了每個人的身上又有所不同。

鄭白玉靠在他的胸前，軟綿綿的，在他的下巴處親了幾口，柔聲的說：

「爺，鬍子又長出來了，而且好多呢，還有些硬。」

林楚伸手摸了摸下巴，最近鬍子的確是長得快了一些，好在他有刮鬍刀。

公孫秀也湊了過來，頭枕在他的肩頭，側臉親了幾口，伸手摸了摸他的下巴說：「爺，一會兒我幫你刮鬍子吧？」

「好，這幾天又下雪了，新山城的雪的確是多了一些。」林楚說。

鄭玉霜點頭，喜滋滋的說：「爺，我倒是有些想念梧州城了，那裡的氣溫要舒服很多，雖說冬天也有些冷，但不會有這麼大的雪。

但下雪也很漂亮，小的時候，我從未見過雪，所以現在對雪還是相當興奮，每次看到下雪，都會在雪裡站很久。

只是現在有了孩子，有些冷，我不敢出去，就只能隔著玻璃窗子看一看，可是我還是有些想去梧州看看。」

「過了年，開春之後我們就去看看，正好我也想去那邊走走了，大唐太大了，總是要巡視一番。

老是在宮中困守著，不知天下事，容易與百姓脫節，所以我讓書平一直在各地遊歷，跟著先生讀書，就是要讓他認真看一看這個世界。」林楚說。

他雖然不打算立太子，但還是選了林書平為接班人，由幾位大儒帶著他遊歷天下。

當然了，不僅僅是他一個人，和他一起遊歷的是他所有的適齡孩子，林楚就是想要留下一些種子，將來他萬一不想當皇帝了，總是要從他們的後代之中選人出來。

這個過程會很長，但只要這樣的習俗能傳承下去，相信後代中出現明君的機率會很高。

在林楚的計畫之中，大唐這麼大，需要封王的孩子也不少，他也不會給他們太大的地方，一城之地就夠了。

但有個前提，那就是要足夠賢明，如果封王之後，他們變得暴虐無常，一樣是要處理掉的。

陪著三女說了一些話，林楚這才起身離開。

回到御書房中，西線送來的信不少，他一一看了看，又打下了十數個小國。梵國那邊還沒有動手，應該是要留到最後了，畢竟現在的梵國地方很大，也很強盛。

司玲玉走了進來，跪坐在他的身邊，身上香香的。

過了這麼多年，她的皮膚依舊是蒼白的，但卻總是易動人心。

「爺，長明現在已經是師長了，我很高興爺幫我找到了他；還有幽夢，她……」

司玲玉輕聲的說，眼神中卻是有幾分的嗔怨，但也僅僅只是一抹情意的表達而已。

林楚將她抱入懷中，塞進了衣下。

她的身子無比柔軟，做出這些動作遠勝其他人，就算是一直在衣下也無人能察覺到她的存在。

王長明一直沒有消息，林楚讓暗影門找了好久，在五年前總算是找到了。

他加入了軍隊，實力很不錯，有勇力，也有頭腦，一路立功，今年剛剛升任了師長。

師長是獨領一師的，足以說明他的本事。

從這一點來看，王長明與當年的王拙有些相似，他和司玲玉已經相認了，不過兩人的聯繫並不多，畢竟司玲玉是皇妃，又生下了林楚的孩子，目前也有牽掛。

王長明已經成親了，女方也是軍中將領，兩人有了兩個孩子，看到他這樣的狀態，司玲玉已然放了心。

至於王幽夢，她不會多說什麼了，認與不認，並不重要，畢竟已經是一家人了。

過了許久，司玲玉的聲音依舊妙不可言，林楚的心一直有一種灼燒感，全身都是暖烘烘的。

袍子之下看不出什麼異常來，只能隱隱約約看到腰後的兩小小腳。

腳的確是不大的，但卻有幾分的風情，隱隱約約，似乎有些妖嬈。

林楚吐了口氣，司玲玉一身是汗，兩人的皮膚貼在一起，汗珠滾動著，只有滑滑的感觸，很舒服。

腳步聲響起，黃山的聲音傳來：「陛下，倫巴底王國、西哥特王國等國送來了降書，另外薩珊波斯想要求和，願意送公主來聯姻，他們的皇帝甚至還說，送皇后過來也是可以的，只求陛下能夠不要再攻打他們了，因為他們撐不住了。」

「知道了，將信放下吧。」林楚說。

黃山走進來，規規矩矩的放下了一遝信件，這才退了出去。

開平十二年，禛墟城，這裡也多了一座皇宮。

林楚坐在皇宮之中，正看著戰報。

這裡也是真正的皇宮，被林楚命名為西宮，只不過因為距離遠，所以陪著他過來的女人不算多。

聞潔、郭輕羽、洛雲真、趙瓔洛、越玄衣、高玉蘭、周麗華、韋飛燕、常曦、卓青衣、武媚、費妙慧、羽輕鴻、司玲玉、赤狐、薛素素、東水流、唐悠悠，一共十八人。

蘇明雪其實也來了，但她卻是上了前線。

這些女人之中，除了趙瓔洛之外，都是高手，自然不怕奔波，極少會生病。

趙瓔洛過來是因為林楚對她的偏愛，這是他的心魔，到現在依舊是，所以就帶著過來了，一路縱情。

要說到她的吸引力，也的確是最頂尖的，可鹹可甜，在林楚的面前什麼事情都做得出來，比任何人都要瘋的。

整個歐亞大陸除了梵國之外，其它的都打下來了，歸入大唐疆土之中。

御書房之中，坐著四名異國女子，這是整個歐洲四位最頂尖的女人，姿色出眾，身形傲人。

其中有三位公主，還有一位是皇后，紅髮如火，異常妖燒。

在整個後宮的女子之中，她也足以列出前三了，足見她異於常人的那一面。

目前她們都很規矩，完全被林楚征服了。

處理完了正事，林楚拍了拍身上的袍子，女人的聲音傳來，蕩氣迴腸，有一種入骨般的媚意。

接著費妙慧啞啞的聲音傳來：「爺，怪不得玲玉如此受寵愛，這種感覺真是太妙了，而且爺的興趣也真是高昂呢。」

「過幾天，我們再去西邊看看吧，那裡有海，也有美麗的自然風光，北部的阿爾卑斯山脈很美。」林楚輕聲的說。

一側的紅髮皇后眼睛一亮，湊了過來，抱著他的胳膊親了幾口後說：「爺，我也想去看看，離開很久了，總想著再看一眼呢。」

「阿爾黛，跟著我不開心嗎？」林楚笑笑，伸手在團兒拍了拍，當真是妙不可言。

阿爾黛笑笑，眸子裡水汪汪的，認真的說：「爺，開心！很開心，每天腿都打著顫，那種感覺實在是太妙了。」

「妳們都跟著我一起去看看吧，以後還是要到新山城去定居，那裡也有著天下盛景。」

林楚笑笑，又坐了下來。

阿爾卑斯山脈果然是漂亮的，點綴在山下的是一個個的村子，安靜至極，彷若與世隔絕。

林楚在這裡也建了學堂，主要開設的是數學類的課程，想要走向工業化的道路，那就需要更多的人才。

開平十三年，梵國被打下來了，無盡的黃金被送入大唐，不過此時大唐發行的紙鈔已經風靡天下了。

整片大陸統一，林楚分封了七王，就安排在西部，林書平擔任大理寺卿，處理一些司法之事。

至於林青河和劉婉婉，這些年林楚一直想讓他們入宮養老，但他們不肯，四處旅行。

他們還是住在躍山城，不過一年之中，待在躍山城的時間並不多，不超過十天。

用林青河的話來說：「你是皇上了，我們住在宮中不合適，住在躍山城，想必求我們辦事的人會很多，這都是人情，所以我們就到處走走。

正好你娘喜動不喜靜，天下這麼大，就去轉轉吧，等我們老了，就去林寨，那裡的風景我們很喜歡，清婉的孩子正好分封在那裡，一切都好。」

林楚默然，沒再提過這件事情。

天下一統，林楚一直在推行教化，鼓勵農事，兩年之後，第一臺蒸汽機出現了。

其實在古希臘時期，亞歷山大港的希羅就發明了汽轉球，算是蒸汽機的前身，那是在一千年前了。

林楚知道蒸汽機的原理，這些年也一直和科學家們商討，總算是做出來了，目前正在打造蒸汽輪船和火車，但這需要時間。

不過這第一代的蒸汽機，還是很粗糙的，但林楚還有很多的時間。

更何況他的手裡有星辰源珠，可以用來驅動，所以火車已經在製作了。

新山城，皇宮之中，林楚坐在高高的龍椅上，看著下方群臣。

寧振國已經退了，樓頂雖然也有些老邁了，但相對還是要年輕一些，他站在殿中，一臉激昂。

「陛下，應該改年號了，陛下打下了這麼大的疆土，前無古人，後無來者，可以說是千古一帝。

這樣的帝皇注定是要留名青史的，無論如何，史書上都記下了陛下的偉績，改新的年號，也要讓百姓們感受到陛下的喜悅，與民同樂。」

「諸位愛卿，那麼你們有什麼好的主意嗎？」林楚問。

南離明站出來，沉著聲音說：「陛下，臣以為『貞觀』很合適，《易經‧繫辭下》，貞代表正，觀代表示人，所以貞觀就是以正道示人，這一點很符合陛下一直以來對待百姓的態度，陛下是真正的偉人，天下共主。」

林楚一愣，貞觀這個年號還有這樣的意義？也不知道未來李閥中的那位李二還會不會存在。

「陛下，南大人所言極是，臣認同！」

「臣也認同！」

朝臣們紛紛贊同，就連樓頂也表示了認可，林楚點了點頭。

「好，那就從明年開始，正式改年號為貞觀。」

「陛下英明！」

林楚笑笑，點著頭說：「天下歸一，目前朕不打算再對外戰爭了，因為大唐的領土已經太大了，現在管理起來都有些困難。

雖然天下還有很多的土地，但五年之內，朕還是決定休生養息，發展農事，發展工業，改善百姓的生活環境。」

「陛下英明！」南離明說。

林楚看了他一眼，南風現在也是他的妃子，所以他和南家的關係挺近。不過南家也沒有讓他失望，不愧是儒家治世，出了不少的官員，做事很有章法，而且最重要的一點，很是忠誠。

這樣的南家，林楚很喜歡，所以對待南風也有所偏愛。

南風為他生下了兩個孩子，一兒一女。

退朝之後，林楚步入了後宮，此時是秋天，落葉紛飛，楓葉染紅。

後花園很大，種種顏色聚在一起，五彩繽紛。

郭輕羽的身形驀然出現在他的身側，輕聲說：「爺，你讓我調查的昆侖牙行之事，我調查出來了，他們倒是很守規矩，沒有任何異樣。

只是我不明白，若是爺對他們不放心，為何不直接滅了他們？現在的昆侖牙行，都在我們的掌控之中。」

「就是因為在我們的掌控之中，那才沒有必要滅掉，他們能發現許多的好東西，收集起來，朕覺得很有意思。」

林楚微微一笑，伸手撫上了郭輕羽的團兒，揚著眉說：「這天下不是人人都會向著我的，也不會人人都會向著大唐，總有一些人心中有些雜念，會在昆侖牙行之中寄賣一些東西，有很多的東西可能對我有用，就留下來吧。」

「爺，人家還要生孩子嗎？已經有兩個了呢。」郭輕羽的眼睛水汪汪的，低聲的問。

林楚點頭。「再生一個，三個就好，這天下太大了，我要更多的孩子來幫著打理。」

「爺，這一次，人家想要蟬附……」

「准了！」

風吹過，落葉繽紛，搖落了整個秋天。

後記

看未來

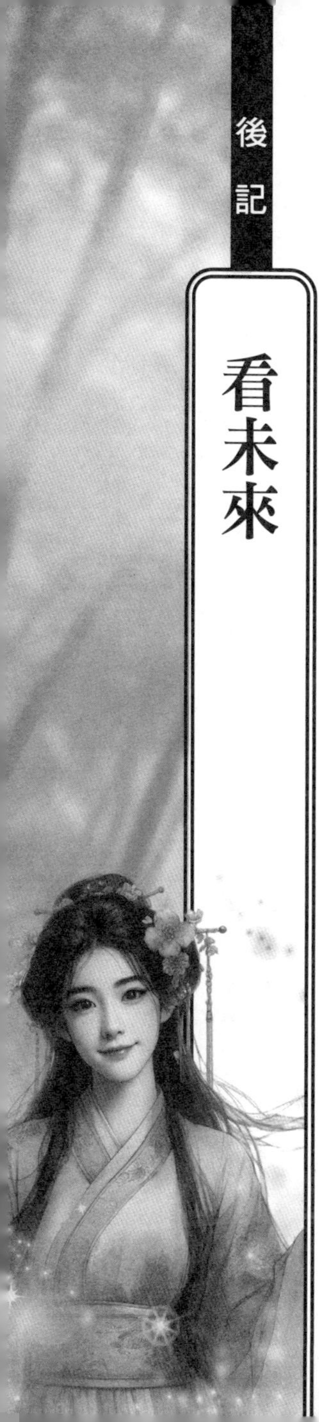

金陵，秦淮河畔，林楚坐在一片樹林中的躺椅上。

這裡並沒有人，因為位於秦淮河的下游，所以並無遊人，只有偶爾經過的船隻，運送一些物資，無心欣賞風景。

春暖花開，風都是暖的，吹開了許多的野花，點綴在樹林中，一片片的，開得正豔。

此時的林楚正在垂釣，一臉寫意。

他不是一個人，不過沒帶護衛，一側還坐著一名女子，一身白色的長裙，手指細長，眉目如畫，面如平湖。

她的美有一種驚心動魄的感覺，不但腰細，腿又長又細。

只不過她的坐姿卻並不優美，躺在躺椅上，一條腿平直伸著，另一條腿還搭在了扶手處，赤著一隻腳，地上擺著一隻繡花鞋。

那腳雪白纖瘦，與鄭白玉相比也不弱半分，腳趾如玉，妙到極致。

釣魚竿動了動，有魚上鉤了，林楚伸手一拉，一條肥魚跳了出來，這是鱖魚。

「桃花流水鱖魚肥，今晚就清蒸了。」林楚微微一笑，揚著眉。

這條魚有三斤重了，雖然說肥了些，卻是格外鮮嫩。

一側的女子抬頭看了一眼。「小楚楚，我不開心。」

「為什麼？我在這裡陪了妳十天了，妳不是每天都笑得很開心嗎？」林楚問。

他扭頭看著女人，目光落在她的臉上，不愧是天下第一美女。

這是水霓裳，沒錯，就是那位讓雲破天癡迷一世的天下第一美女。

她扭頭看了林楚一眼，撒嬌著說：「因為你明天就要走了，人家要有好久見不到你了，想一想，人家的腳……上面還殘留著你的味道，明日就不能見了，心裡就不開心，人家也想每日都抱著你睡，身體明明那麼累，卻是難以入眠，總有些興奮。

腿還在打顫，路也走不動，甚至一天清醒的時間也不會太長，那多好啊……咱們再留一日好不好？」

「行了，妳總是來這一套，明日妳和我回宮，我封妳為妃，省得我跑來跑去的，明日有很重要的事情，我要去看看火車，已經修好了一部分，從金陵到新山城，再到禎墟城，這條路已經通了，目前正在修建去羅馬的火車。

這可是舉國之力發展的鐵路，將來運送各種物資就會很方便了，妳和我一起去坐坐看，這可是比馬快多了。

最重要的一點，一次運送的物資會極多，只要兩天的時間就能從金陵到新山城，對於我來說，這是很重要的一環。」林楚哼了一聲。

水霓裳搖了搖頭，繼續撒嬌著。

「那多不好意思啊，我都多大了，還和她們去爭寵，想一想臉就發燙呢。」

「行了，騷起來也是獨一份，妳要是不去，那等我處理好了政事再來看妳，妳不許再撒嬌了，仗著妳漂亮、身材好就迷惑我，這要是被言官知道了，指定彈劾妳，說妳是禍國殃民的妖妃了，所以我不管妳了。」

林楚微微笑著，說話卻是很不客氣。

水霓裳伸手在躺椅上一按，身體騰空而起，落到林楚的懷中，有如八爪魚一般抱緊他，哼哼說：「休想！你休想甩開我！你取了我的紅丸，那就是我男人，我水霓裳是真正的陳年老酒，好不容易找到了一個喜歡的人，就賴上了！

去就去，反正和她們爭寵，我也不會輸，我會的多著呢，你不能甩開我！小楚楚……不能這麼叫了，她們都叫你爺，那我也叫……爺，今晚我那樣好不好？我的團兒圓又潤，就那樣了，我知道爺喜歡……」

聲音轉低，樹林中有風，吹過，「沙沙」作響。

林楚笑笑，心卻是熱切了起來。

火車的樣子與林楚前一世的火車樣子並無區別，只不過能源用的是星辰源珠，一共有十八節，運著一批糧食和乾貨。

鐵軌也很結實，林楚坐在第一節車廂中，裡面是沙發、桌子等物，就像是起居室。

除了他之外，水霓裳來了，郭輕羽、司玲玉、費妙慧、東水流和雲水泫也在，以及幾位大臣，包括南離明、樓頂、馬榮三人，還有衛秋夷、冉閔和陳涉。

火車啟動時，呼嘯聲傳來，輪子與鐵軌磨擦著，漸漸遠行。

速度的確是挺快的，南離明仔細看著，還開了一扇窗，風吹進來，有些微微的涼。

他感受片刻，這才讚嘆著說：「陛下當真是天下第一人，這鐵馬車速度夠快，汗血馬也未必跟得上，而且運的貨可真是多啊，這下子要運送各種物資就不怕了，還可以運送兵力！陛下，那蒸汽機似乎還在改良，這是第七十九次了吧？」

「快了，總會越來越好的，等到了新山城，就讓朝中的諸位愛卿都坐一次火車看看，感受一下，回頭寫下心得。」林楚說。

樓頂不斷走來走去，看著行駛中的列車，他的動作卻是很平穩，一直走過數節車廂，這才回頭，接著他讚嘆著說：「陛下，這是神物啊！連老臣這樣的文臣都可以坐了，不必騎馬，如履平地，真是好，太好了。」

「陛下是千古第一神人！」馬榮拍了一記馬屁。

衛秋夷的目光閃了閃，認真的建議：「陛下，有了這鐵馬……火車，我們運送兵力就很方便了，未來若是征伐非洲……是這麼說的吧？陛下取的名字似乎有些奇怪的……走到那一步，我們就不會再缺物資了，也不會缺支援的兵力。」

「這也是一方面，當下大唐境內百姓安康，我們要將這種安康帶到非洲去，那裡氣候不錯，盛產各種異果，也盛產戰士。」林楚說，目光有些深邃，也有思索。

所有人同時點頭，接著同時行禮說：「陛下英明！」

「陛下高瞻遠矚，目光所及，非臣等能及。」

林楚點了點頭，沒說話，目光落在火車的兩側。

無數的良田倒退著，還有一片片的森林，風景絕妙。

樓頂看著他，問了一句：「不知道陛下在看什麼？」

「看未來！」林楚回答，目生恍惚。

是啊，大唐已經走到了這一步，那麼未來怎麼走，他也不知道了。

回首他穿越來的這一生，能走到這一步，遠超他的想像，只是他不想再回去了。

前一世就當是一個夢吧，醒與不醒，皆不重要。

重要的是，他是大唐皇帝，要帶領這麼多的人走得更遠，走得更穩，要將這麼大的疆土帶到更廣闊的未來，這就夠了。

身後，水霓裳的呢喃的聲音傳來，抱緊了他，肆無忌憚。
他揚眉而笑，還有這些天下間最美的女人，足夠他癡迷一世了。
這樣的未來，是他所期待的。

——完結

國家圖書館出版品預行編目資料

我的老婆是巨寇 ／ 木士作. --初版.
--臺中市：飛燕文創事業有限公司, 2024.11-

冊；公分

ISBN 978-626-413-000-4(第1冊:平裝).--
ISBN 978-626-413-001-1(第2冊:平裝).--
ISBN 978-626-413-002-8(第3冊:平裝).--
ISBN 978-626-413-003-5(第4冊:平裝).--
ISBN 978-626-413-004-2(第5冊:平裝).--
ISBN 978-626-413-005-9(第6冊:平裝).--
ISBN 978-626-413-006-6(第7冊:平裝).--
ISBN 978-626-413-007-3(第8冊:平裝).--
ISBN 978-626-413-008-0(第9冊:平裝).--
ISBN 978-626-413-009-7(第10冊:平裝).--
ISBN 978-626-413-010-3(第11冊:平裝).--
ISBN 978-626-413-011-0(第12冊:平裝).--
ISBN 978-626-413-012-7(第13冊:平裝).--
ISBN 978-626-413-013-4(第14冊:平裝).--
ISBN 978-626-413-014-1(第15冊:平裝).--
ISBN 978-626-413-015-8(第16冊:平裝).--
ISBN 978-626-413-016-5(第17冊:平裝).--
ISBN 978-626-413-017-2(第18冊:平裝).

857.7 113015159

我的老婆是巨寇 18 -END-

出版日期：2025年05月初版
建議售價：新台幣190元
ISBN 978-626-413-017-2

作　　者：木士
發 行 人：曾國誠
文字編輯：夜音
美術編輯：豆子、大明
製作/出版：飛燕文創事業有限公司
公司地址：台中市南區樹義路65號
聯絡電話：04-22638366
傳真電話：04-22629041
印 刷 所：燕京印刷廠有限公司
聯絡電話：04-22617293

各區經銷商

華中書報社　電話 02-23015389
旭昇圖書有限公司　電話 02-22451480
智豐圖書股份有限公司　電話 05-2333852
威信圖書有限公司　電話 07-3730079

網路連鎖書店

金石堂網路書店 電話：02-23649989
網址：http://www.kingstone.com.tw/
博客來網路書店 電話：02-26535588
網址：http://www.books.com.tw/

若您要購買書籍將金額郵政劃撥至22815249，戶名：曾國誠，
並將您的收據寫上購買內容傳真到04-22629041

若要購買本公司出版之其他書籍，可洽本公司各區經銷商，
或洽本公司發行部：04-22638366#11，或至各小說出租店、漫畫便利屋、各大書局、金石堂網路書店、博客來網路書店訂購。
▶如有缺頁、破損，請寄回更換！

Fei-Yan 飛燕文創